文芸社セレクション

パリのこどもたち

仲子 真由

NAKAK

JN068431

文芸社

目次

＊本書には今日の人権意識に照らして不当・不適切と思われる語句や表現がございますが、時代背景と作品の価値とにかんがみ、そのままといたしました。

僕らのことわり

軽トラの荷台は尻が痛かった。

「おおい、もうすぐだ」

運転席から声がかかっても、洋平はろくに返事も出来なかった。

それに構わず、車は、舗装されていない山道を更に奥深くへと進んだ。

初雪のなごりが、道端に残っている。洋平の実家がある地元では、まだ雪なぞ降っていないはずだ。洋平が転校を期に、親戚の三木おじさんの元に、下宿させてもらって、もうすぐ二ヶ月になる。洋平は、すっと、鬱蒼と陰った木々を見つめた。

洋平は中学にあがった頃から、父親と折り合いが悪くなった。それに伴って、学校内でももめ事を起こすことが増えだした。洋平自身も、自分が何にむかっ腹がたっているのかなぞ分からないのだった。けれどそのむしゃくしゃする気持ちを発散すべき場所も方法も、見いだせぬまま、時だけが過ぎた。洋平にとって、父親はいつも短気で、高圧的だった。中学三年の夏に一度、不登校になってからは、散々、母親と教師との面談を繰り返して、結局、母方の親戚である三木の家に預けられることに落ち着いた。

三木の家は、田舎の大きな平屋だった。朝夕に立つ、土の匂いというものを、洋平ははじめて知った。転校先では、あたりさわりない学校生活を続けていたが、それでも洋平は自分がはぐれ者だという意識をぬぐい去れないままだった。

春からは、このままこちらの高校に進学する予定だ。

エンジンが止まり、三木おじさんと知り合いの広兼さんが座席から降り出した。

二人は、安全チョッキを着て、猟銃をかついでいる。今から、猪を獲るのだ。山に鹿や猪なんかの獣が増えすぎると、食料不足から、木の皮を食いつぶし、時には人里におりて田畑を荒らす。駆除のための猟だった。都会育ちの洋平は、猟師を見たことも山に入ったことなかった。

「駆除いうても、命殺すってのは、いい気はせんほよ」

支度をしている際に、三木おじさんは色々世間話のように話をした。

猟師も高齢化による人手不足で、自分が仲間うちで一番若いということ。猟銃の免許には金がかかるということ。去年は、百頭以上を仕留めたということ。

中でも、洋平の耳に残ったのは、銃の免許を取る前は、棒で獲物の頭を叩いたということだ。その感触は、いつまでも残るものだという。

洋平はおじさん達に続いて、山に入った。急勾配の斜面では何度も足を取られた。

「そこで、待っちょけ」

おじさんは、息を潜め身をかがめながら、ノスノスと先へ分け入った。

洋平はいくらも歩いちゃいないのに、あがっている息を整えながら、耳を澄ましていた。

山が、ひととき、静まりかえった。

そして、ドズーンと、空をつんざいて、銃声があった。

「おおい、手伝え」

洋平は、知らぬうちに、鼓動が速くなっているのを感じた。

慣れない足場のせいで一瞬、洋平はくらっとした。

たどり着いた三木おじさんの足下には、仕留められた獲物が倒れていた。洋平は、つかの間、息することとさえ忘れた。

それは、銀色の毛並みが美しい狼だった。

狼はもう、動かなかったけれど、まるで山の王のような威厳があった。

その時、ガサッガサと、落ち葉の間を逃げ去る小さな姿を、洋平は見た。狼の子だ、と洋平は思った。親を失った狼だ、と。

後ろと前と脚を縛られた獲物は、男二人がかりで運ばれ、軽トラに乗せられた。

洋平は、揺れる荷台の傍らを、考え込むように見つめていたが、それから、何かを決意したように、そっと横たえる背に手を伸ばした。

軽トラがふもとに着いた。皆が、車から降りると、

「さあ、もう一仕事。終わったら、今日はボタン鍋じゃけえ」

その言葉に洋平は、後ろを振り仰いだ。荷台にのっているのは、大きな猪だった。

「あの、狼は？」

「おおかみ？」

三木のおじさんも広兼さんもきょとんとして、眉をひそめた。そして顔を見合わせてか

ら、言った。

「狼は絶滅しとるじゃろう。それに、たとえ夢みたいに遭遇したとて、狼は臆病で賢いけえ、人など襲わんからな、撃つこともないな」

「それよか、明日の新聞にのりよるな」

おじさん達は笑いながら解体のための準備に、倉庫に向かった。洋平は、一人立ちすくんだまま、己の手のひらを見つめていた。毛並みを撫でたはずの温もりが、まだ残っている気がした。


高校生活が始まった。

その学校は様々な地区から学生が集まっていて、田舎知らずの洋平でもクラスで浮きはしなかった。それでも、一年が半分も過ぎる頃になっても、洋平はなんとなくクラスメイトを避けていた。

「ねえ、洋平くんの出身って大きな街なんでしょ」

文化祭のための集まりで話しかけてきたのは、同じクラスの侑子だった。彼女の実家は洋裁店で、女子の中では垢抜けていた。侑子は、返事もない洋平に物怖じせずに、続けた。

「いいよね。私、都会にあこがれてるの」

「・・・こっちは、うるさくなくていい」

その場では、それっきりだったが、それからも機会がある事に侑子は洋平に話を振った。洋平は、別に嫌な気もしないので、好きにさせていた。侑子は勘がいいのか、洋平が嫌いそうな話題は持ち出してはこなかった。

日々は、一見穏やかに過ぎ去った。

洋平は、勉強や部活に真面目に取り組んでいようと、最後の砦のように、その正直な心根は、誰にも触れさせたりはしなかった。たわいも無い会話の中で、人の視線が気になった時には、洋平は山で見た気がする狼の子のことを思い出すのだった。

あいつは一人っきりで、今頃、どうやって生きているんだろう。

玄関で靴をひっかける洋平を、三木のおばさんが呼び止めた。

「洋くん、電話よ」

相手は、母親だった。携帯を持たせてもいっそまめではない一人息子を心配して毎週連絡がある。内容はいつもと変わらぬ、日々の報告だった。ふっと話題に進路のことが持ち上がった。話の背後に、父親の存在を感じて、洋平は口をつぐんだ。母親もなんとなく気まずい沈黙のまま、何も言わなかった。洋平は、胸の中がぐらぐら煮える気分だった。

ある放課後、侑子が委員会が終わって戻ってみると、皆が帰った教室に一人、洋平がいた。

侑子は、声をかけようとして、しかし、かろやかに踏み出した足を止めた。

その背が、誰をも拒んでいた。侑子は、その何かを守るように閉じた背を見つめて、そっとその場を後にした。今、彼に必要なのは自分ではないのだ。


夜も更け、洋平は夢を見た。

光も見えない暗闇の中で、洋平は狼だった。

そこは、洞穴だった。静かに息つく音があたりに響いた。

寒くて、空腹感があるほかに、牙が疼いた。喉が渇き、血が沸いた。からだのずっと遠くの底から、何かが目覚めたがっているような焦燥感があった。

産声のような、叫びのような、咆哮が、胸を突き破ろうともがいている。

まるで、春を待てない獣のように。

洋平は、洞穴を出て、駆け出した。無我夢中で、山林を走り抜け、斜面を飛び越え、拓けた地へおりた。

そして、誰もいない野原の、誰も行く手を拒まない真ん中で、洋平は遠吠えた。

その一鳴きは、天に突き刺さるかと思えた。

そうして、思い知った。

自分は、独りだと。そして、どんな命も独りでは生きてはいけないのだという切実さを。

その時、毛並みを撫でゆく風の冷たさと反して、熱くたぎったものが、四肢の先から、体中を静かに巡った。

彼はまなじりを決して、野原の果ての道なき先をしばし、見つめた。

まるで、いつかやってくるだろう者を待ち望んでいるかのように。やがて、陽が傾き、野鳥らがねぐらに帰る頃、野原にはもう何者もいなかった。


高校二年の秋も終わりに近づき、洋平は担任に呼ばれた。

進路決定の最後通告だった。

日を追うごとに、洋平は、だんだん口数が減ってきた。

思いつめたように、険しい顔をする日もあった。

そんな時、また三木のおじさんに誘われた。

軽トラの荷台はやはり乗り慣れなかったが、洋平はもう気にならなかった。

その視線は、鬱蒼とした木々の、ほの暗い、谷間を見つめていた。

いつの間にか、彼は猟銃を手に山に入っていた。どこに向かえばいいのか、分かっていた。

山の王は、洋平の想像通り、気高く君臨していた。

洋平は、銃弾をこめた。

心うちでは不思議な冷静さと葛藤が、せめぎ合っていた。

けれど、狙いを外さない自信はあった。

銀色の毛並みの王は、こちらを見据えたまま、微動だにしなかった。

「彼」は、すべてだった。すべてであり、今や、限りを知る者だ。

引き金を引く瞬間、洋平はこの世の悲哀と理を、その命に刻んだ。


卒業式が終わり、古びた校舎のそばで、洋平は、咲いたばかりの花を見上げていた。

「答辞、立派だった」

我が事のように誇らしげにそう言った横顔は、しかし、ため息をつくように、付け足した。

「あーあ、都会に出たかったたな」

四月から、侑子は県内で就職だ。洋平は、地元に帰って、進学する。

「・・・来ればいいよ」

「いいの？」

一瞬で、明るくなった顔に、洋平は微笑んで頷いた。

春は、青くて、まだ固い。

花のかげをふんで

「おまえのかげ、ふーんだ！」

下駄箱の周りで、かげ鬼をしているのは、お迎え組である。

ふんだ、ふんでない、と遊んでいる子どもたちは、どちらでも楽しそうだ。

まなも、息せききって、じぶんのかげを踏まれないよう逃げまわっていた。

ひとり、ふたりと、お迎えの車がとまって、帰っていったけれど、みんな本当は最後まで遊んでいたかった。

まなは鬼の子に見つかって、慌てて、かげを探した。かげの中に入れば、当分はつかまらない。かげは、濃ければ濃いほどいい。まなは、めぼしい場所を見つけて、駆けだした。

それは、大きな桜の木のかげだった。木の幹は太くて、まなが入ってもまだ余裕があった。鬼があきらめたのを見て、まなは得意げだった。

ざあっと、風が枝を揺らした。目の前を、ちらちらと淡い色の花びらが舞う。

ふと、まなは、クラスの子たちがうわさしていた話を思い出した。

学校で一番古い桜の木の下には、死体が埋まっているんだ、と。その血を吸って、花は桃色に染まるのだ、と。

そんないかにも人をおどかそうとする、下らないうわさ話に、けれど、まなは、なんとなく胸がどきりとしたのだった。

ふと、頬に視線を感じて、まなはふり返った。

まなは、息をつめた。

隣に、まなと同じほどの背丈の子がいた。けれど、その子には目も口もない。その子は、足元の桜の木のかげと同じ、まっくろいかげだった。

まなは、凍りついたように、動けなかった。

怯えたように立ちすくんでいても、かげの子は何もしないし、何ももののいわなかった。その姿は、なぜか寂しそうに見えた。一緒に、遊びたいんだろうか。そう思ったまなは、頭の片隅に不思議な考えをひらめいた。

そして、おそるおそる声をかけた。

「・・・ゆきちゃん？」

それは去年の秋におかあさんのお腹のなかで死んだ、妹のなまえだ。

かげが、しばし揺らいだように見えた気がした。それは風のせいかしら。

まなは、我知らず、手を伸ばしていた。もうすぐで、ふれられる。

その時、ざあっと、ひときわ強い風が渡った。花びらが舞って、まなは目をつぶってしまった。

そして、風がやんで、ふたたび目をあけると、そこには誰もいなかった。

「ゆき、ちゃん」

つぶやきは、花びらのように、頼りなく地面に落ちていった。

すぐ近くで、呼び声がした。

「まーなー、帰るよー」

おかあさんだ。

「どうしたの?」

まなの顔を見つけて、おかあさんは開口一番そうきいた。まなは、ちょっとたじろいだ。平気そうなふりをしているけれど、おかあさんが一番つらいということを家族のだれもが知っている。どもっているまなをおかあさんは、意味深に見つめた。

まなは、あきらめたように言った。

「テスト、あんまりできなかったかも」

「あら、そうなの?」

おかあさんは、けろりと言った。

「返ってくるのが楽しみね」

それから、まなの手を引いて、駐車場まで並んで歩いた。助手席に乗り込む前に、まなはそっと、後ろをふり返った。遠くに、桜の古木が見える。それから、足もとに自分のかげが伸びている。朝よりも、ちょっとだけ濃く見えるのは、けれど夕日のせいかしら。

「なにしてるの?」

シートベルトを留めながら、おかあさんがぶつくさ言う。

「なんでもない」

まなは、ほほえんで、おかあさんの隣に座った。

かなしみもよろこびも乗せて、車は美しく舞う花びらの中を発進した。

春のやくそく

「とっぷうだ！」

しょうごが、廊下を突っ走ると、可愛らしい悲鳴があがった。

同じクラスのかなこだ。

かなこは、不満顔でスカートをおさえていた。

かなこは、近頃となりのクラスのゆうすけと仲がいい。彼は、リレーでもなんでも一等をとった。それが悔しくて、しょうごはこの前かなこに約束したばかりだった。

「こんどのマラソンで一等をとってやる」と。

結果は、ドベから数えた方が早かった。

かなこは何も言わなかったけれど、しょうごは投げやりぎみだった。自分が一等をとれるものなど、ないのだ。

その時、二人に声がかかった。

「こら、廊下で遊んじゃ駄目でしょう」

知らない女の人がいた。かなこは素直に謝って、教室にはいっていった。取り残されたしょうごに、女の人は指を立てて冗談めかして言った。

「約束を守らない男って、最低なのよ」

そして、ふっと窓の外へと視線をすべらせた。満開の桜の花が、たおやかな風に誘われて、桃色に咲き誇っている。

「さあ、授業がはじまるわ。教室に入りましょう」

女の人は、新任の先生だった。

「みなさん、こんにちは」

挨拶をして、先生は黒板に名前を書いた。

シロキ　ワタコ
ワタコだって、へんな名前だとしょうごは思った。先生は、白いブラウスと濃い緑色のスカートをはいている。そして、面白いことを言うのだった。

「今日の授業は、校庭でしましょう。みんなで春の風を集めてきてください。そして、授業の最後に、発表しあいましょう」

クラスの皆は、校庭に飛び出した。風を集めるだって!!　皆はそれぞれ思い思いに、体操着を膨らましたり、落ち葉を拾い集めたり、ただふざけて遊んでいるだけだったりと、好き勝手に風を集めた。ワタコ先生は、ひとつも怒らなかった。

しょうごは良い方法が思い浮かばずに、校庭の端で花壇をぶらついていた。ふと、たんぽぽの花が目にとまった。

「あ、きれいなわたげ」

そう言って、隣に並んだのはかなこだった。

かなこの頬は、わたげのように、白かった。

しょうごは、手折って、息を吹きかけてやろうと思った。綿毛を飛ばしてやれば、かなこだって面白がるに違いないと思ったのだ。

「だめ、折っちゃだめなの」

かなこはしょうごをにべもなく叱った。そして、その頬のように透き通った心で同情した。

「でも、こんなにはしっこに咲いていたら、とんでいけないね」

「大丈夫よ」

ワタコ先生だ。

「でも、春の風って気まぐれなの」

まるで独り言のようにそうささやくと、ワタコ先生は、そばの桜の木を見上げた。その瞳の奥がきらりと鋭く光ったように見えたのは、しょうごの見間違いだろうか。

もうすぐチャイムが鳴るという頃になって、ワタコ先生は校庭の真ん中に皆を集めた。クラスの皆は、自慢げに、自信なさげに、面倒くさそうに、集めた風を出し合った。すると、突然校庭に一陣の風が沸き立った。そして、ヒュウっという口笛がしたかと思うと、それは背がひょろ高い男の人に成り代わった。皆は驚いたが、ワタコ先生は待ちわびたといわんばかりだった。

彼の後ろめたそうな顔を見て、ワタコ先生はふてくされたように言った。けれど、その横顔はどこか嬉し気だった。

「嘘つき」

「・・・ごめんよ。もう二度と君との約束を破ったりしない」

「本当に？」

クラスの皆は、ぽかんとしていた。輪の中で、けれど二人は互いしか見えないようだった。男の人は真面目なそぶりで、ワタコ先生の手を取った。ワタコ先生のほっぺが桃色に染まっている。

「君を、さらっていくよ。どこまでも、遠くへ」

「・・・ええ、いいわ」

もう一度、竜巻のような風が巻き上がった。しょうごは閉じかけた目の端で、ワタコ先生が、男の人の腕に抱かれて飛び上がっていくのを見た。

しばらくして、しょうごが固く結んだまぶたを開けると、校庭にはボールを蹴ったり、鬼ごっこをしたりする笑い声やかけ声しかなかった。

しょうごがきつねにつままれたように、惚けていると、

「きょうしつに戻ろう。休みじかんがおわっちゃうよ」

かなこだった。

かなこは、尻もちをついているしょうごの手をとった。

しょうごはドキリとして、けれど、情けない胸のうちを悟られないように、何気ない風に立ち上がると、かなこの手を握り返した。そして、その手を引いて、歩き出した。

「こんどのうんどう会は、がんばるから」

照れがばれてしまわぬよう、しょうごは精一杯言い切った。

かなこは、自分を連れゆく背に向かって、小さく呟いた。

「・・・べつに、一等じゃなくってもいいの」

それからチャイムが鳴って、二人は慌てて駆け出した。

鏡のかなた

女子トイレの照明は暗い。紗枝はハンカチを唇の端でかんで、手を洗った。

ふと、隣のクラスの二人組が並んだ。賑やかしいおしゃべりの話題は、課題の出来不出来のことから、週末の生涯学習体験のことに変わった。

「面倒くさいよね、泊まりでなんて」

「ねえ、誰が誰に告白すると思う?」

彼女らの手元には、可愛らしいポーチがある。唇の保湿に、髪を結びなおして、スカートの丈を調節する。口も手も動かして忙しい。

紗枝は、畳んだハンカチをポケットにしまって、上履きに履き替えるまで一度も顔を上げなかった。

鏡に自分の顔が映らないように。

足早に教室に戻る。

紗枝は、自分の容姿が好きじゃなかった。目元なんかぱっとしないし、地味だし、だからといって、さっきの子達みたいに、堂々と色っぽい身繕いをするのも気が引けるのだ。

こん、とその時また何かが紗枝の胸底に落ちた。けれど、彼女は知らぬふりを通した。

教室では、紗枝の椅子を陣取って友人の真美が待っていた。

紗枝が冗談めかして、不平をこぼすと、意地悪い顔がふり向いた。ふわっと、真美の髪から甘い香りがする。真美とはなんでも話せた。先週も、飯ごう炊さんで同じグループになることが分かって、喜び合ったばかりだ。それでも、と紗枝は人知れず思った。親友にも言えぬ、胸の奥底の、この晴れないしこりは何なんだろう。

生涯学習体験の日は、あいにくの曇り空だった。

クラスメイトはジャージに着替えて、広場に整列させられていた。

今から、カッター体験だ。

青少年の家の敷地の中には林道に囲まれた湖があった。暗い空色を映したように、湖は深い色をしていた。

かいを持った生徒が乗り込むと、艇首で先生の指導が飛ぶ。紗枝はまるで標的にされたように、何度も注意を受けた。終了時間が迫る頃には、紗枝の気持ちは、湖面のように沈んでいた。

カッター体験のとりは、選抜者による男女別のリレーだった。落第組の者の中から、黄色い声援が飛び交う。紗枝も未熟なかいさばきでしぶきをあげるカヌーを追っていたが、なんとなく気もそぞろで勝敗の行方は見ちゃいなかった。

どこからか、風が出てきた。

次の実習の為に、グループの子らと飯ごう場に向かっている途中で、紗枝は立ち眩みがして、その場に倒れこんでしまった。

真美に連れられて、保健の先生が待機している部屋をふらふらと訪ねた。

軽い貧血だった。

「ちゃんと準備してこないとね」

真美が実習に戻って、保健の先生は小さな巾着を貸してくれた。紗枝は、少し体裁が悪そうにお礼をいうと、お手洗いに向かった。

手を洗ってから、ハンカチを忘れたことに気がついた。紗枝が濡れた手のひらを持て余していると、ふと、小さな窓から、雲行きの怪しくなった空が見えた。

少し休んでいけばいいという先生がひいてくれた布団の上で、紗枝は横になった。目を閉じると、緊張で疲れていたのか、すぐに睡魔がやってきた。

夢の中で、紗枝は湖のほとりにいた。

湖は相変わらず、暗く沈黙していた。紗枝は、好奇心にかられて、縁まで足を伸ばしてみた。湖面は、まるで黒曜石のようになめらかだ。

ふっと自分の姿が映りこんだ気がして、紗枝は一瞬たじろいだ。けれど、何かに惹きつけられるように身をかがめて覗き込んでいた。

紗枝はしばし、目が離せなくなった。

その時、ゴロっと、かなたの空が鳴った。

そして、何かが投げ込まれたように、湖面が波うった。

紗枝は、はっと目を覚ました。

もう一時間近く経っている。保健の先生はいなかった。紗枝は布団を畳んで、部屋を出た。外では、とうとう雨が降り出したみたいだった。

どこに向かえばいいか迷っていると、背後から声がかかった。

同じクラスの横田くんだった。彼は、グループの班長でもあった。

「よかった。呼びに行こうかと思ってたから」

そう言って、天候のせいで夕食は自由ホールでとることになったと説明した。

横田くんは、面倒見がよい性格なのだ。それで、クラスメイトからも人望が厚かった。

彼が適当に振ってくれるたわいもない会話を交わしながら、並び歩いていると、いきなり横田くんが足を止めた。

「大丈夫?」

紗枝は、思わず、青い顔をしていたらしい。

紗枝がうなずいても、彼はまだ思案顔だった。

「保健の先生、呼んでこようか?」

紗枝は、今にも走っていきそうな、彼の上着を摑んだ。横田くんが少しだけ、驚いたのがわかった。けれど、彼は紗枝の様子を窺うように何も言わなかった。濃い色の瞳がまるで、鏡のように紗枝を映している。

こん、とその時、また何かが紗枝の胸の底へ落ちていった。その先には、あの湖があった。波紋がいくえにもいくえにも揺れて、静かに紗枝を襲った。

そうして、紗枝は大事な何かに気がついてしまった。ぎゅっと、知らぬ間に、紗枝は上着を摑む手に力をこめていた。

「大丈夫なの、ごめんね」

再びかち合った瞳に、つかの間、口ごもった横田くんの後ろに紗枝は見た。

窓辺で、雨粒が、一筋流れていった。


その晩、なかなか寝付けなかった紗枝は、何度も寝返りを打ちながら夢を見た。


湖は嵐だった。

風が、髪をばらした。雨が、頬を、たたいた。

それに構わず、紗枝は荒れた湖面を見つめていた。その深淵を。

紗枝は、靴を脱いだ。そして、白いつま先から足首へ、湖は、冷たかった。


それから、翌日の、体験学習の最後まで雨はこんこんと降り続いた。

帰りのバスに乗り込む時、横田くんと目があった。

あっと、お互いが何を思いだしているのか、分かった。

紗枝は、言葉をかけるかわりに、微笑んだ。

彼の瞳が一瞬、まるで黒い湖面のように揺れたように見えたのは、気のせいだろうか。

紗枝は、動き出したバスの窓から外を眺めた。湖が見えるかと思ったのだ。けれど、湖は林に隠されて見えなかった。紗枝は、赤い唇の端で小指を軽くかんだ。

瞳の中の魚

ある時、彼の瞳の中に、ひらりと女が泳いでた。

白い裸の女は、長い髪をはだけて、いつまでも瞳の中に住んでいる。

「ねえ、どなた?」

「さあ?」

とぼけた風もなく首をかしげている、その横顔に彼女はやはりときめいた。

事も終わった寝室で、軽いいびきをかく男の瞼をそろりそろり。

ピンセットでつまんだ亡骸を、彼女は排水溝に流しにいった。


半年も過ぎ、もう男の瞳に新しい女は現れない。

彼は仕事も終われば、真っ先に家路についた。

けれどどうしてだろう、つまらぬことに、今や彼女の心こそ水を失った魚のように、居心地が悪かった。


「何があったの?」

彼女はそれから、耳ざとい女友だちに別れ話をしてあげる時には、まるで少女のように少し面はゆそうに告白するのだった。

「わたし今、彼の瞳に住んでいるの」

そんな男の横顔だけが好きだった。

パリのこどもたち

パリは濡れていた。

寂れた薄暗い通りを、ジャン＝ジャック・バローは大股で走っていた。彼は、パリ界隈ではそこそこに名の知れた舞台監督だった。年は三十過ぎだが、もっさりした口ひげと癖の強い髪のおかげで外見は四十にも五十にも見えた。ジャンは路地を曲がり、馴染みの古びたカフェに飛び込んだ。ジャンの泥のついた靴に全身ずぶ濡れの格好をみて、店員の若い男ディミトリは露骨に嫌な顔をしたが、ジャンは気にも留めず、さっさと窓際の所定の席に大きな尻を収めた。仕事道具をテーブルに広げる。店員がメニューを持ってきたので、彼は、「いつものだ」と憮然として注文した。が、店員は何も答えなかった。この我が儘な客は、決まって同じものなど頼んだことがなかったからだ。ディミトリは軟派な顔をさらに不遜に緩めて、注文票を手にサインペンを回しながら口をきいた。

「そういえば、監督。新聞を読みましたよ」

厚底眼鏡の上で、ジャンの太い眉毛がぴくりと動いた。二か月ほど前、ジャンの監督した芝居の舞台がこけにこけ、新聞の文化欄で酷評されたばかりだった。評論家が辛口であるだけでなく、ジャンを贔屓する愛好家らにも受けが悪いようだった。思い入れがあった脚本だっただけに、プライドの高いジャンも、この度はあまりいい気はしない。ジャンは、素知らぬ顔でメニューを手に取った。

「君に新聞が読める教養があったとは驚きだよ」

「端から端まで、暗記できるほどに読みましたよ。あんたの長ったらしい注文を覚えるより簡単だね」

口の減らない店員にジャンはへンっと鼻を一つ鳴らして、彼は既存のメニューから事細かに注文をつけた。彼は、極度の偏食家である。

ディミトリはサインペンをポケットに突っ込むと、ようやくといった具合で、本題に入った。

「ところで、シャルルは何してます。最近、めっきり会えなくて」

シャルル・ジャルダンはモデル役者で、ジャンの仕事仲間でもあった。年下の彼は人への気配りと見た目の良さでは、ジャンとは天と地ほど違うハンサムな色男であった。ディミトリは何かと彼と親交を深めたいようで、ジャンに取り入る隙をうかがっているらしかった。

ジャンはこざかしい蠅を追っ払うように、手を振った。

「さあ、知らんね。君も仕事に戻りたまえ」

ディミトリはまだ物言いたげであったが、他の席の客に呼ばれて、その場を離れた。

ジャンは、難題へと向き合った。書き直すか否かの脚本を前にして、ふと隣の席に女の子が座っているのに気がついた。彼女は十四歳ほどの見た目で、ひとり窓の外を足早に通り過ぎていく見知らぬ他人を静かに眺めている。おろしたてのような綺麗なブラウスを着て、けれどその横顔は幼さに似合わず、しっとり憂いを帯びて濡れているようだった。テーブルにはいくらも口をつけられていないジュースと百ドル札が幾枚かのっていた。

「お嬢ちゃん、一人かね？」

ジャンは気安く声をかけた。女性や少女に対する細やかな神経を、彼は持ち合わせていないのだ。女の子は、声をかけられ、少しだけ身構えた。

「誰かと待ち合わせかい？　ああ、ママンかな」

「・・・・」

雨が風に殴られ、窓をたたいた。

「・・・・・来ないわ」

女の子は、諦めたように呟き、告白した。

「彼女は、もう戻ってはこないわ」

そう言って、ジャンに向けられた幼く深い色の瞳の中には、全てといえるような何かがこもっていた。その瞳にそっと射貫かれて、ジャンは、全身が雷に打たれたように震えたのがわかった。その感情は、これまでに先人たちの偉大なる脚本の数々を読んだ時の感動ととても似ていた。

「君の名前を、教えてくれ」

我知らず、ジャンは尋ねていた。

ふっと、女の子の視線は、雨脚の速くなった通りに舞い戻った。未だ、何かを探しているかのように。

「マリーよ。マリアンヌ」

それは、不思議にもジャンの脚本のもとになった原作の主人公と同じ名前であった。そして、ジャンは、酷評された芝居の脚本を書き直すことをやめた。

それから、ジャンは、ジャンの高校時代からの友人で弁護士のクリステスが仕事帰りにカフェに立ち寄るまで、マリアンヌはジャンの熱心な芝居話の聞き役にさせられていた。クリステスは事情もつかめぬまま、二人の間に割って入った。

「とりあえず、あなたたち何か食べたの？」

クリステスのマンションは、高級住宅街のすぐ傍にあった。湯の溜まったバスルームからは、呑気に鼻歌が聞こえてくる。何度クリーニングに出してもすぐに皺にするジャケットと何の汚れかわからぬ染みのついたシャツを、ハンガーにかけながら、クリステスは客人に声をかけた。

「遠慮しないで、食べて」

テーブルの上には、出前で頼んだ簡単なディナーが並んでいた。マリアンヌは躊躇ってはいたが、空腹だったのだろう、きちんと礼をのべて食べ始めた。クリステスはマリアンヌが気を遣わないでいいように、自分の分も皿にとりわけ始めた。クリステスは、セールで買い貯めしている安物のシャンパンを開けると、眼鏡の縁からそっとマリアンヌを観察した。綺麗な子だった。あどけなさの中に年に似合わぬ憂いはあるものの、白い肌にはっきりとした目鼻立ちと柔らかな黒髪が映えている。アパルトメントまでの道のりで、二言三言話しただけだったが、彼女の抱えるワケは複雑そうであった。

クリステスは何気ない風に口を開いた。

「彼と初めて会ったのは、新入生の歓迎会の時よ」

大ホールを貸し切って新入生だけで祝うのがその名門校のならわしであった。浮かれた生徒の輪に交じって騒ぎ立てるのが、どうにも苦手なクリステスは、一人図書室で新学期のための課題に取り組んでいた。進学テストは二番であった。教師によれば、トップ入学者はロレーヌ生まれの田舎者で、入学を機にはるばる上京してきた学生らしかった。早々に天才のレッテルをはられたその人物がどのような青年かクリステスが抱いた淡い期待のようなものは、しかしすぐにやぶれさった。

クリステスは高校三年間の間で、非凡な人間とは、私生活において多分に奇々怪々な面があるのだと思い知らされた。ジャン＝ジャック・バローは暇が見つかればどこでも寝るし、道端の雑草でも口にしたかと思えば、相当な偏食家であったし、うまれてこの方食事から風呂の入り方の作法に至るまで、自由奔放であった。芝居作りに没頭すると、寝食を忘れるジャンの為に、クリステスは何度、彼の借りている安くおんボロなアパルトメントの部屋を訪ねたかわからない。家族は各々自立した人間ばかりだったので、クリステスは自分が面倒見がよい人間だと知らなかった。けれど、なぜ彼がそこまで芝居に入れ込むのか、話してくれたことは一度もなかった。

互いに仕事をもってのち、再会した時、彼が、告白したワケの為にクリステスはくされ縁のように今でも一緒にいるのだろう。

「長い付き合いなのよ」

少しばかり酔いのまわったクリステスが昔話にピリオドを打ったとき、マリアンヌは最後のチキンを飲み込んだところだった。マリアンヌが一息ついてから、クリステスは切り出した。

「さて、今度はあなたの事情を聞かせてもらえるかしら」

マリアンヌはしばしうつむいていたが、やがて話し始めた。


マリアンヌの一番遠い記憶は、川沿いの貸宿の一室である。そこにも父親の姿はなかった。母親の名はロザリーで、彼女はそこで住み込みで働いていた。田舎街には不釣り合いなほどの美人で、黒く艶めく髪と瞳はひときわ目を惹いた。陽気で垢ぬけていて、華があった。ロザリー目当てで、客が入るほどだった。ちょっとばかり彼女が仕事が出来なくても、雇い主は小さなことを言わなかった。飾りの客引きのようにそこにいてくれるだけで良かったのだ。けれど、ロザリーは同じ街に長いこと留まることはなかった。新しい恋人が出来るたびに、住まいと土地とを離れた。だからマリアンヌは、物心ついたころから故郷の地というものを知らない。部屋の窓から見る景色はいつも違った。ロザリーに甘えた記憶は、マリアンヌにはあまりない。同じ部屋にいても、隣を歩いていても、ロザリーとの間にはいつも見えない透明なヴェールがかかっているようだった。それに触れてしまったら、彼女は魔法が解けるように、またたくまに消えさってしまうのではないかという不安が子ども心にいつもあった。ロザリーに触れてはいけない。存在に、心に、その手のひらに、触れてはいけない。それは、いつの間にか、マリアンヌの知る由もないロザリーの哀しみに触れてはいけない。それは、いつの間にか、マリアンヌの中で暗黙の理になっていた。

母親としては無責任に自己本位に生きているように見えるロザリーも、しかしどんなに恋人に渋い顔をされてもマリアンヌのことは手放さなかった。

酒乱の男が恋人だったこともあったが、そんな時はマリアンヌの事を身をていしてかばいさえした。

けれどマリアンヌがロザリーに対して、壁を感じているように、ロザリーも日々の不平などはこぼしても、マリアンヌに対して本音の一つも吐かなかった。だんだんとロザリーそっくりに育ってくるマリアンヌの容姿だけが、血のつながりを証明しているかのようだった。それだけがたった一つの親子の絆のように。そんな生活が十年以上たった頃。ロザリーは三十歳をとうに過ぎても、時の止まったように、美しかった。

その日、ロザリーは半年住んだ街を離れて、貿易商のイギリス人の恋人とロンドンへと旅立つ為にパリで落ち合う約束だった。

パリは、雨だった。

ロザリーはカフェでマリアンヌに一張羅のブラウスを着させた。髪を丁寧に梳いてやり、バックから百ドル札を手に握らせた。

マリアンヌは、何も聞かなかった。問い詰めたりしなかったし、泣いたりなどしなかった。ロザリーも、何も弁解しなかった。美しい漆黒の瞳が雨に濡れているようだった。ロザリーはマリアンヌの額にキスをした。それは彼女がいつも自分の部屋から恋人を送り出す時にするような、優しいキスだった。誰も、彼女の元に帰ってはこないし、彼女も誰も追いかけてはいかない。永遠に、さよならのキス。

マリアンヌはそれから、次第に強くなる雨の中、通りを行き交う人々を眺めていた。

「その間、学校は？」

クリステスは、今までの話を慎重に整理しながら尋ねた。

マリアンヌは首を振った。

「行ったり行かなかったり」

「そう。ロザリーの両親、つまり貴方の祖父母とも面識はないのね？」

マリアンヌは頷いた。それから、クリステスが知りたがっているだろうことを、ぼそりと口にした。

「一人だけ知っているのは、大叔母さんがいる」

ロザリーはお金も頼るべき恋人も尽きた時には、叔母を頼っていた。けれど、叔母とロザリーの仲は、険悪なものだった。古めかしい大屋敷にはいつも重苦しい空気だけが落ちていた。未婚で一人住まいの叔母は、わかりやすい子どもらしさのないマリアンヌのこともどうやら気に入らないらしかった。結局、パブで働いていたロザリーに新しい実業家の恋人が出来た時の、叔母の餞別は、ひどい恨み事だった。

「その方、今どこに住んでるか、わかる?」

光明とばかり、クリステスの顔色が変わったのを感じ取って、マリアンヌの口は重くなった。クリステスは慌てず、穏やかに言いくるんだ。

「信用して。すぐに貴方をどこかよそにやったりしないから。落ち着くまで当分の間はここにいてもいいのよ」

「・・・・シャルトルの田舎よ」

そう白状して、マリアンヌは耳に残る声を思い出した。恋人が出来るたびに「彼女」はいつも不貞腐れたようにこぼしていた。

(あんな田舎、美しいだけで、何にもないもの。何にもないの・・・・愛なんて)

「ありがとう」

というクリステスの声で、マリアンヌは我にかえった。

「客間にベッドがあるから、バスを使ったら今日はゆっくり休んで」

クリステスはそう言って微笑みながらも、これから先の可能性と、自分がやるべきことになるかもしれない手続きの数々を思い浮かべていた。

その時、リビングに鼻歌が行進してきた。対面に座るマリアンヌがさっと顔をそむけたので、クリステスは背後の惨状が手に取るようにわかった。クリステスはいっそ聖母のような口ぶりで非難した。
「ジャン。何度も言うようで悪いけど、服を着て、からだはバスルームでちゃんと拭いてから出てきてくれるかしら」

マリアンヌがクリステスの元に滞在して、二週間が経とうとしていた。その間に、マリアンヌの周りで大人たちによりいろいろな事が進められていた。とくにクリステスは、マリアンヌの心情を汲んだ上で、てきぱきと各方面に連絡を取り、申請のための書類を集めていた。マリアンヌの母親の居場所の確認、そして今後のマリアンヌの生活を確保するために、親族に同意を得たうえでマリアンヌを市内の学校に転入させること、そしてその間の生活支援保護者にクリステスがなれるかということだった。マリアンヌが、申し訳なさそうにしているのに気づいて、書面に目を通していたクリステスは気楽そうに答えた。
「乗りかかった船よ」

クリステスは仕事に出かけていた。半年前に昇格したばかりで多忙らしい。その間、家賃さえ払えぬマリアンヌは、クリステスにお願いして、簡単な掃除などをさせてもらっていた。窓枠にはたきをかけていた時、ドタドタとせわしない足音がして、何やら興奮冷めやらぬ様子のジャンが、落ち着きなくリビングへあがってきた。合鍵を預けている人間がこの調子だと、クリステスの気苦労も計り知れない。

「やっと、役者が揃ったぞ」

ジャンの整えられていない髭には歯磨き粉らしき乾いた白い塊がついていた。顔は洗ったのかしらと訝しむマリアンヌの華奢な肩をつかむと、ズンとその顔を近づけてくる。

「君が、主役をしてくれ」

ジャンの眼鏡の奥はすでに舞台の構成をイマジネーションしているのか、真剣に輝いているように見えた。

「それは、私に仕事をくれるってこと？」

「ああ、そうだよ。君は今日から立派に、いまだ無名役者の仲間入りさ」

「・・・わかったわ」

マリアンヌは役者の経験もなければ、芝居の内容さえしらなかったが、彼女はここに、パリにまだ居たかった。パリの街角は、何も持たない者に、あたたかい気がした。

ロラン・ルルージュは大衆酒場「青い馬蹄」の長男坊だった。下に三人の弟がいる彼は、十五になったばかりで、明るい金髪に、底抜けた青い瞳をしていた。やんちゃ盛りをようやく終えたばかりで、最近ではめかしこむことにもいっぱしに興味が出てきた年ごろだった。

「よう、ロラン」

芝居小屋をぶらつくロランに声をかけたのは、酒場にもたまに顔を出すモデル役者のシャルル・ジャルダンだった。彼はまったくの色男で白い歯に、浅黒く鍛えられたからだ付きは、たくましい船乗りのようだった。二十六にもなる今も、シャルルはどこか地に足をつけずに飄々として、日雇い労働者のように職を渡り歩いていた。

ロランは、馴染み客を用心深く振り返った。シャルルはその羨望を隠しきれていない幼い眼差しを懐かしそうに受けとめながら尋ねた。

「何してんだ、こんなところで」

「知り合いから、芝居の役を頼まれたんだ」

ロランは正直に答えた。

「へえ、お前、芝居やるの?」

シャルルはどこか、意味ありげで楽しげだった。ロランはその余裕な態度に我知らずむっとした。

「下手でもいいから、出てくれって言われたんだ。あんたが助監督なんだろ?　知らないのかよ」

「いや、お前を推薦したのは確かに俺だが・・・なにせ、ロラン、お前は声がいいから。あと顔もそこそこだ。けど、本当に引き受けるとは思わなかったんだよ」

変声期を終えて落ち着いたロランの声は、賑やかしい酒場の中でも通りがよかった。

「まあ、頑張れよ。芝居は身体が資本だぜ」

「あんた、外見はいいけど、芝居は大根なんだろ?」

可愛い後輩の思わぬ反撃に、シャルルは思わず吹き出した。

「よく知ってるな、ロラン。さては、酒場の客から吹き込まれたな。俺の舞台での役目はな、派手で目立って客を惹けたら、それでいいんだよ。台詞回しが下手くそでもな」

シャルルは、細い顎で舞台奥をしゃくった。

「今日は、もう一人の主役が来てるぞ。ちゃんと挨拶しとけ。仕事の基本は」

「基本は、円滑な人間関係なんだろ？　わかってるよ」

ロランは、背後に飛んでくるからかいを無視しながら、楽屋裏までやってきた。

一歩踏み込んで、ざっと皆の視線が一瞬ロランに集まった。そこに流れる空気は学校や家の酒場とはまるで違った。ストレッチをするもの、台本のチェックをするもの、楽に雑談しているもの様々であったが、皆それぞれに舞台に立ったことがあるプロと呼べる役者経験者ばかりだった。ここまでやって来てからはじめてロランは、自分がとんでもなく場違いな仕事を引き受けてしまったのではないかと後悔し始めた。これから綱の上を渡り歩くように足が、一瞬すくんだ。

「ああ、あの子ならさっき表に出ていったわよ。ちょっと暗い感じの子ね」

小耳にはさんだことは、今回主役をする子もロランと同じく素人だということだ。ロランは、臆病風に吹かれたように、裏口から表に飛び出した。

隣の洗濯屋の煉瓦の壁に背を預けて、台本を読み込んでいる女の子がいた。彼女はロランと同じくらいの背丈で長い髪を編みこんで、その真剣な横顔は年下だというのにずっと大人びてみえた。声をかけようかためらったロランの脳裏に、たとえ嵐の航海の中でさえ帆の下で気取ってそうなシャルルの顔が思い浮かんだ。

「ねえ、カノジョ」

普段では絶対にしない安っぽい声かけに返ってきたのは、思いがけず、きついまなじりだった。ロランの、軽率な口の利き方を軽蔑でもするような。ロランはぎくりとしたが、時すでに遅しで、彼女はツンと綺麗な鼻先をとがらせて、返事もせず、裏口から芝居小屋へと消えていった。名前も知らぬ女の子に置き去りにされて、ロランはぽかんと立ちつくすしかなかった。そして、学校の女の子たちに、からかわれるのとは違った恥ずかしさと不満が徐々に募っていった。いくらなんでも失礼な態度じゃないかと彼のささやかなプライドが抗議した。これじゃあ簡単に仲良く仕事など出来そうにないなと考えながら、けれど彼女が消えていった裏口のドアから、ロランはしばらく目が離せなかった。

稽古場にずらりと並んだ役者を前に、ジャン＝ジャック・バローはこの度の芝居の説明をしていた。

その中には、緊張した面持ちの両名がいた。マリアンヌとロランである。

素人のマリアンヌの相手役を探すために、ジャンはシャルルに話を持ちかけた。シャルルは演技はからきしでも、交友関係は広く、人を見る目は確かであった。シャルルは、クリステスと当面の日用品を調達しているマリアンヌを遠目に見て、「ああ、ちょうどいいのがいる。なかなか似合いだ」と行きつけの酒場の息子を人づてに紹介した。ジャンは、個人的にロランのオーディションをした。とびきりの才能を見いだせはしないが、よく通る声で、てらいがない感じが好感が持てた。

舞台稽古が始まった。

演技指導中のジャンは人が変わったように、厳しかった。鼻息を荒げ、大きな声で叱咤し、時に怒り狂ったような形相をみせた。それは役者を罵倒しているというより、自分の思い描いた情景が演じられていないことに苛立っているようだった。

長台詞一ついい慣れていないマリアンヌとロランは初日で喉がつぶれてしまいそうだった。ただ立って声をつかっているだけなのに、汗だくになった。立ち位置から、身の振り、声の抑揚まで、具体的であったり抽象的であったりするジャンの細かな要求の数々に頭はパンクしそうだった。

初演は四か月後だ。二人とも、基礎から覚えることはたくさんあった。

役者たちは、皆、年齢に幅があり、生まれも育ちも違えば、芝居に対する情熱や考えなど、ピンからキリまでの者たちばかりであったが、不思議と日々の稽古を過ごすにつれ共同意識が生まれるものであった。ずぶの素人であり、主役という大役を任されたロランのことも、カエルが空を飛ぼうとするような有様に嘲笑と懸念を抱きつつも、素直に稽古に励んでいる姿に、皆は次第に打ち解けていった。マリアンヌだけは違った。声をかけられたら答えるし、分からぬことは誰に対しても示唆を受けるが、決して輪のうちに入ろうとはしなかった。ロランのことも、初日から態度は変わらず、必要以上に慣れ合ったりしなかった。

休憩中、今日も一人、楽屋から出ていったマリアンヌは、芝居小屋の外で、シャルルを見かけた。彼は、ジャンの知人で今回の芝居の助監督だった。シャルルは人気のない路地で誰かに捕まっているらしかった。シャルルの傍に寄り添うように立つ若い男は、まるで女がシナをつくるかのように、シャルルの耳元で何かを囁いていた。シャルルの表情は別段いつもと変わらぬが、親しそうではなかった。ディミトリが、また一歩距離を詰めた。シャルルは、唐突にディミトリにキスをした。ディミトリは、唇の端を舐めながら、まだ足りぬと言いたげだったが、今日のところはといった具合で引き下がったようだった。ディミトリが路地から去ったのを待って、シャルルはマリアンヌに声をかけた。どうやら、そこにいることは気づいていたようだった。

「休憩か？」

「・・・・・・」

マリアンヌがじっと冷めた瞳で見つめても、シャルルは普段通りの笑みのままだった。

「ただの挨拶だ」

「・・・そう、挨拶ね」

　思いがけずマリアンヌの反応が、あんまりにも投げやりだったので、シャルルは路地裏に転がっている荷箱をひっくり返しその上に腰を下ろすと、マリアンヌを傍に呼んだ。

「どうした？」

「・・・・」

「何かあったか？」

「・・・・」

　シャルルは沈黙を待つのが、たとえばとある舞台監督とは違って、下手ではなかった。しかし、マリアンヌ相手だと、日が暮れるのを待たねばならなそうだった。シャルルは、何気ない風にきいた。

「俺を軽蔑したか」

　マリアンヌの表情が、少しこわばった。

「・・・挨拶なんでしょ」

「挨拶にもいろいろあるぞ」

　シャルルは、カタンという物音を聞き逃しはしなかった。それでいて、マリアンヌの視線を受け止めたまま、続きを答えた。

「けど意味の込め方は、その時々だったりする。それに、受け取る相手にもよるな。どんな風に受け取るかは、相手次第だ」

　シャルルは腰をあげた。時間切れだという風に。

「さあ、お前らも稽古に戻れ。先輩方にしっかり鍛えてもらえよ」

マリアンヌは振り向いた。ロランが、シャルルにつっかかっているところだった。


夜も更け、シャルルは、ジャンと共にクリステスの部屋にいた。

仕事について話し合いがある時、ジャンは酒場には寄らなかった。しかし、素面でも面倒くさいことに変わりはなかった。

シャルルとジャンの付き合いはもう六年近くになる。モデル役者として、当時から名が売れていなかったシャルルをジャンが片腕として誘ったのがきっかけだった。とはいえ、そのほとんどが人間関係がこじれがちな、ジャンの尻ぬぐいである。そんな仕事ばかり押しつけられていても、シャルルは別段構いはしなかった。シャルルには、とりわけ他人に誇示すべきプライドなどないのだ。

「マリアンヌをどう思う？」

意見を求められて、シャルルはようやく口を開いた。

「台詞読みはそれほどではないが、まあ、独特の存在感がある。プロの中ではいい意味で際立っている。もう一皮むければ、見世物にはなると思う」

ジャンは、先を促した。おそらく、彼の中では結論は出ているのだと思いながら、シャルルは続けた。

「ロランは・・・台詞をまわすので精一杯だ。照れがあるわけじゃないが、マリアンヌと温度差がある・・・・・・あと、二か月だ。これ以上期待できなきゃ、役を降ろした方が早いな」

その時、玄関扉が開く音がした。クリステスが帰ってきたのだ。彼女はしかしすぐにリビングに顔を見せなかった。寝室の扉が閉まった音が聞こえて、クリステスは肩をもみながらやってきた。

「先に眠ったわ。よっぽど疲れたみたい」

今日一日、クリステスは仕事を休んでマリアンヌを連れ出していた。彼女の大叔母のもとへ行っていたのだ。テーブルに書類の束を広げる。

「あらかた片付いたわ。マリアンヌがどう思っていようが、これで彼女は自由の身よ。一応ね」

そういいながらも、クリステスがかいがいしい目でジャンを見ていることに気がついて、シャルルは重たい腰をあげた。

マリアンヌは相変わらず、役者達の輪から外れていた。日毎に厳しくなるジャンの要求は理不尽だったり、理解できないことも多かった。役に対する不安はあれど、マリアンヌの腹は決まっていた。そこしか、道がないのだ。不安な心は尽きぬが、やり切るしかない。これまでだって何とかなったのだ。もしも自分のせいで芝居がこけるなら、ジャンとクリステスの親切を裏切るようで申し訳ないが、マリアンヌはもう少しだけ夢がみたかった。パリに、自分がいていい居場所が見つけられそうだった。

「マリアンヌ」

その呼びかけに、マリアンヌはふり向かなかった。

ロランだ。ロランが役者仲間としてマリアンヌと親しくしたいのは感じていた。けれど、ロランのことは嫌いではないのだが、マリアンヌは彼に傍に来てほしくなかった。どうしてなのかは、マリアンヌ自身でさえ、よく分からないのだった。

「マリアンヌ」

ロランは、めげずに、マリアンヌの前に立った。彼女は台本から、ちらっと目線をあげた。ロランの瞳は、底が抜けるようにきれいな青色だった。

「なあ、なんか怒ってるんだろ？　謝るよ。だから、返事くらいしてよ」

ロランは、何がマリアンヌの不機嫌の理由か分からず遠慮がちだった。それが今度はなぜかは知らぬが、無性にマリアンヌの癇に障るのだった。

マリアンヌはついっと顔を背けた。背けてしまってから、ちょっと後悔したが、もう後には引けなかった。ロランは、明らかに気分を害したようだった。ロランがとがらせた口を開こうとしたとき、舞台の奥から、小道具の点検をしていたシャルルが声をかけた。

「ロラン、ちょっと来てくれ」

ロランはちらっとマリアンヌを見た。彼女はこちらを振り向きもしなかった。

ロランは、喉まで出かかった消化不良の気持ちもそのままに、その場を後にするしかなかった。

ここのところ、どれほど真剣に取り組んでみても、くたくたに稽古に励もうにも、ジャンに、強烈なダメ出しをされる毎日だ。役を降ろされるかもしれない、役を降ろした方がいいという意見が影でこそ出ているのを、ロランはしっていた。体力も筋力も徐々についてきて、発声方法も学んだ。だが、もう八方塞がりだった。これまで、勉学でも酒場の仕事でも、それなりに器用にこなしてきたロランだ。今までになく、自信がなくなりかけていた。

普段のように軽口をかけてくるシャルルにも、うまく言い返す言葉がない。

シャルルは、そんなロランの相談に乗るわけでもなく、稽古終わりに街に連れ出した。

「どこ行くつもり?」

「まあ、気分転換だ」

シャルルははぐらかした。ロランは、反論もなくついていくしかなかった。夜がしっとりと暮れだしていた。

「なあ、お前いくつになった?」

「?」

そんなこと今更、聞くことだろうか。ロランはそっけなく答えた。

「十五だよ」

「なあ、十五だよな」

シャルルが一軒の店の前で足を止めた。ロランは、店の看板を振り仰いだ。

「あ」

ロランは、言葉を失った。赤くなるのか青くなるのか、結局ひどい困惑顔で彼はシャルルを振り返った。シャルルは壁面によっかかって、いつもは吸いもしない煙草に火をつけながら、無責任に言い放った。

「あとは、自分で決めろよ」

ロランは、言い淀んだ。

結局、その夜シャルルは壁際で煙草を半箱も吸った。


その日は、朝から通し稽古が行われていた。

この数週間の間にはたから見ても、ロランの立ち回りの雰囲気がわずかに変わっていた。劇的に、芝居がうまくなったわけでもない。目に見える何かが変わったわけでもない。

ロランはもう、休憩の間や芝居終わりに、マリアンヌに容易く声などかけてこなかった。

ただ、芝居の間、青い瞳の向こうに、ロランの意志のようなものを感じる。

その読めない眼差しを見つめ返して、なぜだろう、マリアンヌはひどく胸がざわついた。それはいっそぐったりとして重苦しい類の胸のざわめきだった。足元に、見えない奈落があるようだ。

稽古がいったんまとまりかけると、ジャンの評論も聞かずに、マリアンヌは逃げるように舞台を降り去った。

「マリアンヌ」

誰かが叫んだ。

でも、マリアンヌはもう一時もその場にいられなかった。

胸が早鐘のように鳴っていた。苦しかった。苦しみの底に、「彼女」がいる。

「彼女」も同じように、誰かに見つめられていた。そして見つめ返していた。けれど、「彼女」はいつも一人っきりだった。いつもいつもいつも、孤独で、寂し気だった。それなのに、「私」は「彼女」を救えなかった。あんなに傍にいたのに、癒してあげられなかった。だから「彼女」は「私」を捨てて行ってしまったのだ。ロザリーは、母は、マリアンヌを、私を捨てた。

頭がぐらぐらした。マリアンヌは立っていられなくて、その場にしゃがみこんでしまった。ぐぐっと吐き気がした。その時、誰かが両肩を抱き寄せた。

シャルルだった。

マリアンヌは、ふっと安堵の息をつきかけたが、普段より真剣みを帯びた目の奥に、何かを感じ取った。ロランとシャルルは繋がっている。

マリアンヌは、直感した。そして、そう思ったことも、シャルルには見透かされていた。

「ロランが相手だと、無理か」

「ッ」

シャルルの口調に、おふざけなどなかった。

「無理なら、ロランを役から降ろしたっていいんだ。ジャンはこの芝居でお前の方を買っている」

「・・・・・」

マリアンヌは、何も答えられなかった。呼吸はいまだ、落ち着かない。シャルルは、厳しく諭した。

「ロランを変えたらすむ話か。ほかの奴でもいいのか。違うだろう。どんな類の気持ちもそれを正真正銘『自分』のものにしなきゃ、芝居の主役なんて務まらないのさ。みんな、そこを越えていくんだ。マリアンヌ、お前も、あいつ、ロランもだ。そこから逃げるな」

マリアンヌの深く黒い瞳から、涙が溢れた。それは、止めようにも次から次に溢れて、マリアンヌの白い頬を濡らし、彼女は堪えられず泣き出した。シャルルはそれ以上、触れることも、物言うこともなかった。

マリアンヌが、誰かの前で、声をあげて泣いたことなど、はじめてだった。

ロラン・ルルージュは、大衆酒場「青い馬蹄・ブレゥーサボ」の勘定台にいた。

「まいど、どうも」

釣銭を受け取ったのは、ロランがまだひざ丈ほどの時からの常連客だった。すっかり頭髪の薄くなったあばた顔のジョニー爺やは、黄ばんだ前歯をむき出しにして、顔色の浮かないロランを覗き込んだ。

「最近、威勢がねえじゃねえか。あ？　芝居やら稽古なんやらで、こけにされてるのか、ロラン坊」

ロランが苦笑って首を振った時、酒場の奥が、どっと沸いた。女装家コメディアンのトニー&ティモテの二人がギターの伴奏に合わせて、おちゃらけた寸劇を披露しているところだった。軽快かつ分かりやすい内容で、どのテーブルからも口笛や賑やかしい笑い声が巻き上がっていた。酒のジョッキと湯気立つ料理がところ狭しと並んでいた。向こうの台では、ポーカーやチップゲームをする連中が騙し合いに興じていた。

「ジョニー爺さまよ、祝ってやりなよ、ロラン坊やは人には言えぬ秘密が出来たのよ」

「そうよ、そうよ」

そうからかうのは、給仕の女中たちだった。みな、華やかな化粧をして、ロランより一回りも二回りも年上だった。

「はあん、俺の目の黒いうちにそんな日が来るとはなぁ、ロラン坊」

そんなあけすいた会話にもまだうまい切り返しなど出来なくて、ロランは、年季入りの前掛けをし、仕事の手を止めずに店中に気を配っている親父に声をかけた。

「ルイを寝かしつけてくる」

ロランの父マテオ・ルルージュは厳めしい強面を崩すことなく、鋭い視線ひとつでロランに許しを出した。

ロランは店奥のドアから階段をかけ上がった。

二階の子ども部屋には、三人の弟が枕を並べていた。

「寝たか?」

「寝てないよ、兄ちゃん」

そう答えたのは、三番目の弟のポーロだった。明るい金髪で、ロランに一番似ていた。

彼のすぐ傍で一番下の弟ルイは、こっくりこっくり半分夢の中だった。

「ピエールはどうした?」

「ちゃんといるよ」

ピエールはなぜかベッドの下から這い出してきた。角ばった尻がひっかかって苦労していた。彼はロランよりまだ三つも年下だが、父親に似て体格が良かった。これから逞しくなるだろう。

「何してんだ」

「ポーロの奴が、僕のボールを勝手に使って落としたんだよ」

「僕じゃないやい」

「静かにしろよ、ルイが起きるだろ」

そんな兄の心配をよそに、小さなルイは気持ちよさそうな寝顔をしているのだった。

ロランは弟たちがそれぞれ定位置についたのを見届けて、部屋の明かりを消した。そして、慣れた手つきで音も立てず、天井から折りたたみ階段を出すと、狭い屋根裏部屋へと忍び足でのぼっていった。

屋根裏部屋は天井が低くかがまなければ、進めなかった。屋根の形に斜めに切られた壁には棚がつけられていて、そこにはロランが色々な蚤の市で買い貯めた古本が詰め込まれていた。

窓からは、月明かりがさしていた。

ロランはもうどこにあるか目をつぶってもわかる一冊を引き抜いた。それは神話の女神やらニンフやらのモチーフが寄せ集められた挿絵集だった。折り目のついたページが勝手にひらく。森を駆ける女神の姿だった。黒い髪が、といっても挿絵集はもともと白黒であったが、やわらかそうな長い髪がなめらかな肌にかかり、こちらをふり向く小さな唇は、何かをささやくように薄く開きかけていた。

ふと、ロランは誰かに呼ばれたように、棚の上段を見た。写真立てが置かれていた。そこには誰よりもあたたかな微笑みを浮かべた母クリスティーナの姿があった。彼女は五年前にルイをこの世に残して逝ってしまった。最初に子守歌のかわりのように、古い神話を読んでくれたのは母だった。それから蚤の市で、古本を集めた。そしてロランの視線は、台上のもうずいぶん読み込まれた芝居の台本を見つめた。不思議にも脚本の中のヒロインの名は、同じだった。

そっと、ロランは口の中だけでその名を呼んでみた。ずくんと熱いものが、腹の下へと駆けた。ロランは、膝をかかえて、考え込むように、窓から月を眺めた。

屋根裏部屋は、音もなく、けれども階段下から今にも客らの賑やかしい声が聞こえてくる気がした。

マリアンヌは与えられた寝室から、明るい月を見ていた。クリステスが隣の部屋でまだ仕事をしているのがわかる。台本はとうに閉じられていた。台詞はもうソラでも言えるほど覚えていた。脚本の中のヒロインもマリーといった。

彼女は、芝居の中で、何度も主人公と再会する。別れては出会う。別れて、出会って、別れて・・・「マリー」は「彼女」のようだった。マリアンヌは小さな頭で想いをめぐらせた。どこへ辿り着くのだろう。彼女が目指したのは、どこなんだろう。

芝居の最後の台詞は、クライマックスに相応しく、劇的だった。

それは、こうだった。

『やっと帰ってきたわ。私は、ここに愛を見つけたの』

マリアンヌは、じっと窓の外を眺んだ。愛なんか・・・と呟く声がどこからかずっと遠くの夜空より聞こえるみたいだった。

愛、愛、愛。「彼女」は「マリー」は愛を見つけられたんだろうか。それはどんな「愛」だというのだろう。何かを捨ててまで、何かを貫いてまで、何かを待ち続けてまで、人はどんな愛を見つけたかったのだろう。

マリアンヌは、小さく台詞を口に出してみた。

愛の正体なぞ分からない。けれど、窓の外の満月のように、輝き満ちる様があるならば、信じてみたいと思った。マリアンヌは、黒く夜空に濡れたような瞳で明るい月を想った。

全てを拒絶しながら祈っている、その瞳は誇り高い女神のようだった。


ジャン＝ジャック・バローは、最後の晩餐のように、地下のワイン蔵でたんまりと夕食をとったところだった。ジャンを贔屓にするなじみの店主は、その我儘に目をつぶっていた。いつものことだ。鼻孔に残る香りに、彼の故郷のヴォージュ山脈の麓に広大に広がるぶどう畑が目に浮かぶようだった。雄大で長閑な景色の中、風が、作物を揺らしている。蜂が飛び交っている。鳥が羽を休めている。家畜たちが草を食んでいる。

巡り合わせとは、なんと神秘的で使い勝手の良い言葉だろうとジャン＝ジャック・バローはひそかにナイーブな物思いにふけった。

人はなぜ、生まれてくるのだろう。

「自分は、男として不能なのだ」

ほの暗い秘密を告白しても、彼女の態度は変わらなかった。

人はなぜこの世に生まれ落ち、出会うのだろう。そこには苦しみや葛藤がつきものだというのに。

もうすぐ幕があく。

巡り合わせ。その言葉を人はなんと都合よく解釈するだろうか。

しかし、同時にまた夢見ずに人は生きられないのならば、夢を見るべき舞台をこさえなければならない。それぞれの奈落の上に。ジャンは、役者たちを想った。そしてまだ幼い子どもたちを。

監督が最後に出来るのは、彼らを信じることだ。そして、彼は信じた。


開演時間が近づいていた。

ロランは舞台袖で、メイクと衣装に着替え、いつになく緊張していた。当たり前だ。舞台経験がある他の役者たちだって、皆それぞれ改まった顔つきをしていた。集中しているのだ。四百名ほどの芝居小屋は、ほとんど席が埋まっていた。

「ロラン」

シャルルである。

彼は、ロランの傍に立ち、自分が初舞台を踏んだ時を思い出しているかのように言った。

「ロラン、役者なんてのは所詮滑稽なんだ。・・・・・自分だけを信じろ」

ロランは、頷くと、目と鼻の距離に立つマリアンヌを盗み見た。ロランは声をかけなかった。マリアンヌの横顔はこれから上るべき舞台を見つめていた。黒く濡れた瞳が、しかしここでないどこかを見つめているように、彼女は、一度もロランを振り返りはしなかった。

――三年後　パリ

喝采が巻き起こった。

マリアンヌは、顔を上げた。クリスマスの飾り付けが華やかな大通りの広場では、出店が並び、人だかりの中心で大道芸人が見世物をしていた。

また、わあっと歓声があがった。夢のように廻る回転木馬の向こうで、花火が打ち上がっている。

マリアンヌは、まるで楽園で戯れているような人々を遠くに眺めた。

初舞台のあと、学校に転入してからが、大変だった。クリステスは、役者志望やバレエダンサーなどの生徒も多く通う、比較的スケジューリングの融通のきく学校を選んでくれていたが、それでも、これまできちんと授業を受けていないマリアンヌは日々の勉強についていくのが、必死だった。勉学の傍らで、オーディションを受けながら、身体づくりや発声方法を学び、歌や踊りまで、三年はあっという間に過ぎ去った。

マリアンヌは十七歳になっていた。やわらかな黒髪は豊かに艶めいて、あどけなさはいつの間にかナリをひそめ、胸に秘めた憂いが白い肌から匂いたつようだった。

「マリー」

マリアンヌは振り向いた。クロエがいた。クロエは同じ学校に通うダンサーだった。亜麻色の髪に鳶色の瞳が、親し気にマリアンヌに微笑みかけていた。パリで初めてできた友人だ。二人は、夜風の中で、出店のホットチョコレートを並んで飲んだ。

「あ」

と先に気づいたのは、クロエだった。友人の視線の先を追ってマリアンヌは夜の下でも明るい金色の髪を見つけた。ロランがいた。学友たちと団子になって、何やら楽し気にふざけ合っている。中には女の子たちも混じっていた。ロランはこの三年で、驚くほど背が伸びた。肩幅もしっかりしてきたし、顔つきも精悍になった。落ち着いた声は、相変わらずよく通る。

「あ」とまたクロエが呟いた。

ロランが、こちらに気づいたのだ。視線がかち合った気がして、マリアンヌはドキリとした。けれど、ロランはわずかに微笑んだくらいで、すぐに皆の輪の方に注意を戻した。

「声かけてきたら」と、少しの間のあとでクロエが言った。

「どうして？」とマリアンヌは即答した。

「うーん・・・寒いから、とか？」

ホットチョコレートは飲み干して、コートの襟もとから冷たい風が入り込んでくる。

「じゃあ、早く行きましょう。台本読みに付き合ってくれるんでしょ。だから奢ったのよ」

クロエは、はいはいといった風に、友人の背に呆れながら従った。

マリアンヌは広場を後にしながら、今までそこにいたはずの夢のように輝き廻る情景を想った。そして、底抜けに青い瞳を。

それは幻のようで、自分より遥かに遠い気がするのは、何故なんだろうか。

シャルル・ジャルダンは捕り物で負った腕の傷に包帯を巻きなおしているところだった。シャルルが寝床にしているのは、廃墟通りの安宿で年老いた老婦が一人で切り盛りしていた。

シャルルは白い包帯の端を噛んだ。利き腕がしばらく不便であるのは難儀だが、釣果を思えばこの程度の傷は安いものであった。

「くそったれ」と苦々しく吐き捨てたのは、両腕を警官に取り押さえられたディミトリだった。くそったれと言いたいのはこちらも同じだなと、シャルルは売人ディミトリの根城から押収されていく薬物の数々を見守りながら思った。

「ご苦労」部屋に最後に入ってきたのは、顔見知りの古株警視だった。

ベッドの上で半裸に剝かれたシャルルは、「もう一歩早く踏み込んでいただきたかったですよ」と右手の血をシーツで止めながら、珍しく嫌味事を吐いた。薬のせいか、視界が何度かぐらついた。

「医者はいるか」

と、警視は床のジャケットを寄越しながら、聞いた。

「それか、女か」

と、ジョークは今日もつまらなかった。

「いや、結構」

シャルルは、おぼつかない足取りで部屋を出た。表にはパトカーのサイレンと規制線が張られていた。野次馬が集まりだしていた。ピエロになるのは、舞台の上だけで十分だった。

スっと、すきま風が吹いた。シャルルは手を止めた。素っ気ない造りの窓からは、夕暮れに影を落とす下町の家並みと教会の尖塔が見えた。コンコンと控えめなノックが聞こえた。シャルルが扉を開けると、マリアンヌが立っていた。マリアンヌははっきりと目を合わせなかった。シャルルも、何も尋ねはしなかった。

扉を開けてやると、マリアンヌは、いつものように、ベッド以外何もない殺風景極まりない部屋の隅に遠慮がちに腰をおろした。寒そうな膝を胸に抱く。

シャルルは来客などなかった素振りで窓際に戻った。たてつけの悪い窓をしかししっかり閉めた。マリアンヌの視線がちらっと、まだ巻き切れていなかった腕の包帯を見つめた。その瞳に、驚きと気遣う素振りが垣間見えて、シャルルは黙って包帯を留めた。マリアンヌの視線が再び、足先に落ちた。ゆっくりと暮れていくような沈黙のあとで、シャルルは静かに口を開いた。

「何かあったか？」

「・・・・・・・」

マリアンヌは、黙ったまま、言葉を探しあぐねているようだった。

シャルルは、待つのが不得手ではなかった。だから、静かに、幼い友人が話し出すのを待った。シャルルには、暮れゆく夜以外に待つべきものなど何もなかった。

「表情が、硬いね。もう一度」

学内の稽古場は、ガラス張りで、劇団の指導者は熱血漢だった。

「ここは恋人を想いながら、帰りを待つシーンだ」

マリアンヌに割り振られた役は、同棲している恋人を健気に支える女の役だった。

彼の為に彼女は、洗濯物をたたみ、夕食をつくり、微笑みを浮かべる。

「もっと、柔らかく!!」

マリアンヌは、額にじっとりと汗をにじませて、いっそ通夜の後のような顔で台詞を口にした。

「違う、違う！！！」

彼女は彼をどんな風に「待つ」というのだろう。自分のからだの底の底まで、掘り返してみたって、この若い指導者の求めるものなどマリアンヌには永遠に発掘できそうになかった。

授業終わりに、マリアンヌは呼ばれた。

「来週までに、この役のことを考えてきなさい」

下校の足取りは、冴えなかった。マリアンヌは、ため息をついてしまいそうだった。足元の石畳は数えきれない人々に踏まれ、汚れ、削られ、道をつくっていた。マリアンヌは、パリに居場所がつくりたかった。けれど、道はいつだって平坦じゃない。

「マリアンヌ」

うつむいていて、気が付かなかった。

すぐ傍にロランがいた。彼は一人だった。

ロランはこのところ、昔の馴染みだというほかは必要以上に親し気にマリアンヌに話しかけてはこなかった。気落ちしていたのが悟られてしまわないか内心繕うマリアンヌをよそに、ロランはさわやかに尋ねた。

「今、帰り？」

「・・・ええ」

ロランが、何事か口にしかけた時、「ロラン」と黄色い声が彼の元に駆け寄った。ゾエだ。彼女がいつもロランと連れ立っている友人らのうちの一人であることをマリアンヌは知っていた。ゾエは目に冴え冴えしい黄色いワンピースを着て、ロランの腕をとった。ロランは別に振りほどきもしないで、ゾエに答えた。

「何？」

「今月末にシビルとアントニーがペンションを借りるんですって、他にドニスとモニクも行くんだって言ってた。ねえ、私たちも一緒に遊びに行かない？」

ゾエは言い終わりにちらりとマリアンヌを見た。マリアンヌは黙っていた。

「あー、うん、親父に聞いてみるよ。週末は忙しいから」

「ほんと？　じゃあ、ちゃんと教えてね。待ってるから」

ゾエは、跳ねるように爪先立つと軽やかな蝶のようにロランの片頰にキスをした。

ゾエの姿が道角にすっかり見えなくなってから、マリアンヌは歩き出した。

「待って」

ロランがマリアンヌの細い腕を摑んだ。マリアンヌは、振りほどかなかった。

「・・・なに？」と、それだけ言うのが、精一杯だった。

「時間があったら、ちょっと付き合って欲しいんだけど」

「アルバイトが入ってるけど・・・・」

真っすぐに向けられたロランの瞳がわずか揺れたような気がして、マリアンヌは、目を伏せた。摑まれたままの腕が、震えそうだった。

「少しなら時間があるわ」


カフェに並び立つと、ロランは紙袋を取り出した。夕時前のカフェは混んでいた。

「これ」

中身は、見覚えのあるチョーカーだった。クロエのだ。

「忘れてったみたいなんだけど、なかなか会えないからさ」

紙袋を受け取りながら、お節介ねとマリアンヌは友人の好意に内心苦笑した。

ふと、マリアンヌの指が、ロランの指先をかすめた。マリアンヌの胸に、今しがたの光景が思い出された。

「・・・さっきの」

呟きの先を、けれどマリアンヌは問えなかった。

「挨拶だ」

とロランは答えた。

マリアンヌは胸の中で「・・・挨拶」と繰り返した。ただの挨拶。そう言ったのはシャルルだ。彼はあの後、なんと言ったんだっけ。

胸の奥底にこごる感情の正体を知りあぐねて、マリアンヌは自分でも無自覚のうちになにげなくロランの指先に自分のそれを絡めていた。ロランの少し乾いた長い指は、熱くて、硬い。一本、二本、三本・・・と、ぎゅっと大きな手のひらがマリアンヌの手を摑んだ。

マリアンヌは、はっとした。

振り仰ぐと、いっそ怖いほど真剣なまなざしと目が合った。普段より陰りを帯びた青い瞳を見つめ返して、マリアンヌの胸が、ざわめいた。マリアンヌは目を伏せた。

気恥ずかしさに逃げ出したい、と思ったその時、ドンっと混みあった客と背がぶつかった。あっと、足元がふらついて、気づけば、マリアンヌはロランの腕の中にいた。

マリアンヌは、身を離そうとして、けれど腰に回った腕がそれを許してくれなかった。

ロランは、何も言わない。マリアンヌも何も言えずに、その肩口にじっとしていた。すぐ近くの客らの会話さえ遠くに聞こえた。

マリアンヌは、胸が苦しくて、痛かった。どうしたらいいんだろう。どうしたらこんなにも高鳴る感情の、その底に渦巻く苦しみから逃れられるんだろう。

マリアンヌは、独りで生きてきて、だから彼女にはその術がひとつも分からなかった。

ふっと、マリアンヌは、マリアンヌの頭上で気配が動いた。そしてその白く細い顎を、熱い指先が捕らえた。マリアンヌは、息が出来なかった。欲望に濡れた瞳が、自分を見つめていた。

マリアンヌは、ロランの薄く開いた唇がゆっくりと時を計っているのを見た。締め付けられるような胸の苦しさの中で、彼女はただ待つことしか出来なかった。

「好きだ」

ロランの落ち着いた声には、熱い芯があった。

その熱いものは、マリアンヌの疼く胸に深く確かな楔を打った。けれどマリアンヌの混乱した心には、その楔は重い痛みのようだった。背負えない十字架のように。

ロランの吐息がかすめた。マリアンヌは指先から逃れ、「いや」とかぶりを振っていた。

ざわっと、幾人かの客らがこちらに視線を寄越すのがわかった。マリアンヌは我にかえった。そこにはためらい傷ついた顔のロランがいた。彼は、マリアンヌを抱く腕を緩めた。

マリアンヌは、青ざめた。そして、また足場を一つ失った気がした。足元の奈落が広がっていく。

マリアンヌは、震える手で紙袋をかかえると、カフェのお礼も言わずに、その場を死人のように立ち去った。ロランは、追いかけてはこなかった。

マリアンヌは、暗い足取りでシャルルの部屋に向かっていた。書店のアルバイトの時間が迫っていたが、接客など出来そうもなかった。

マリアンヌは自身の混沌とした想いをうまく消化できない時には、シャルルを頼った。つらつらと、時に沈黙しながら、マリアンヌは独り言のように想いを吐き出した。

その度に、シャルルは部屋の隅でただ黙って聞いていた。助言をするわけでも気にかけるわけでもない。何かを待つように、耳を傾けるだけ。

シャルルは、茫漠とした海に漂流する筏なのかもしれないとマリアンヌは思う。灯台ではない。船でもない。決して、導いたりもしなければ、どこかに送り届けたりもしない。ただ、溺れるものや、飛びつかれたものをひととき休ませるだけ。

ノックをすると、シャルルはいた。いつもと部屋の様子も違うようだった。

シャルルは、マリアンヌの顔色を見て、何事かを理解した。そして、彼はこう言った。

「たまには外を歩くか?」

廃墟通りは、閑散として、風が通り抜けていた。

マリアンヌはそういえば、こんな風にシャルルと並び歩いたことなどこれまでになかったなどと考えていた。置き捨てられた荷車の影を踏んで、シャルルが言った。

「パリを発つつもりだ」

マリアンヌは、わが耳を疑った。

なぜ？　と尋ねたくて振り仰いだ横顔に、マリアンヌは、はじめてシャルルに女の影を見た。どうしてだろう。マリアンヌは何故か、シャルルはずっとパリにいるのだと思っていた。職を渡り歩いていようが、うすら寂しい通りの安宿に住んでいようが、彼にはパリがあった。そして、その地を離れるほどの恋人がいようと、シャルルは少しも幸福そうに見えないのだった。

「シャルル」

マリアンヌは、立ち止まった。シャルルは、三歩先でマリアンヌを待った。

「どうして行くの？」

腑に落ちないマリアンヌは、子どもっぽい問いかけをした。

シャルルは答えず、暮れはじめた夕日を背にしていた。普段のような飄々として人のことばかり気にかける余裕そうな笑みはどこにもなかった。

「マリアンヌ」と彼は、静かに呼んだ。そして、濡れたように大きな瞳で見つめる友人に、餞別の言葉をかけた。

「マリアンヌ。・・・お前は、強いよ」

マリアンヌは、思った。

こんなにも儚げに影に立つ人へ、別れの為に、何ができるのだろうと。そして、マリアンヌは彼の頬に優しいキスをした。シャルルなら、きっと正しく受け取ってくれると彼女は知っていた。

マリアンヌは、日に幾度も大切なものを失ったような気分でいて、だから自分を追ってきた瞳には気がつきもしなかった。

シャルルはマリアンヌと別れてからも、通りをぶらついていた。行く当ては別にないが、パリがそこにあった。パリは、あてのない者にいつだって寛容だった。

シャルル・ジャルダンが生まれたのは、イタリアのナポリであった。

父も母も祖国はフランスだったが、シャルルの生まれる遥か以前に国境を越えた。父親は、港町でヨットクルーズの旅行代理店を経営していた。両親に子どもはなかなか授からず、シャルルは、待望の一人息子だった。見目の良さも手伝って、シャルルは幼き頃から、周りから掛け値なしの愛情とそれに加えて、多くの羨望と嫉妬の目を受けてきた。シャルルは、気にしなかった。少なからず、人とはそんなものだという割り切りがシャルルにはあった。

ただ、自分の中には、誰にも知られず誰にも認められないもう一人の人間がいるというジレンマがシャルルにはいつも付きまとっていた。そいつは陽気に照りつける太陽の下で、たったひとり荒んだ目をしていた。両親は、店をシャルルに継がせる気であった。けれど、温暖で陽気な眩しい街も店も風土も人々の愛情も何もかも、派手な容姿とは違ってシャルルの気質には合わなかった。十九歳の冬もまぢか、シャルルは殴り合い罵り合った大喧嘩のあとで、故郷の地を捨てた。

パリは、黄昏に暮れていた。

道端で、ショーウィンドウをぼんやり眺める女がいた。シャルルは立ち止まった。頼りなげに立つ女は、取り分けて際立つものもなく、不細工な面だった。きっと一生スポットライトのあたらない道を歩く女だと分かった。

まるでこれまで誰にも見つけてもらえなかった自分の心の反面のように、シャルルは彼女が自分の分身のように見えた。だから、シャルルは　その女、ナディアが欲しかった。潮が満ちるように、たとえ一時の邂逅であってさえ、シャルルは自分という存在を確かめたかった。ふいに感じる存在の空虚を埋めたかった。その感情は、手綱のつけられぬ衝動となって、シャルルを懐柔した。

ナディア・アルノーがシャルルより七つ年上の既婚者であると知ったのは、気だるいシーツの波の上でだった。ナディアは、短いざんばらな髪をして、頭も弱かった。シャルルは腕の中で、いっそ病的なほど青白い肌を撫でた。シャルルは気が付いていた。空虚な気持ちは、埋まることなく、まるで傷口のように広がるばかりだと。そして、自覚した。ナディアと一緒にいたい。その抗えぬ感情は、しかしそのまま破滅への道行きだった。パリの夜は、長く暗い。深みにはまるのに時間はかからなかった。

ナディアの夫は、彼女より三十歳も年上だった。ナディアがその男のもとに嫁いだのは十六の頃だ。

「うちは、子どもが欲しかったんだ。けど、出来なかった。あの人、ずいぶん昔におたまじゃくしをとめちまったんだって」

ナディアは頭に石ころが転がっているような口調で答えた。

いつからかナディアの青白い肌に、縄のあとや痣が目立つようになった。

これが、あの男のやり方だよとナディアはけろりと言った。シャルルは心中ふつふつと沸き上がる怒りを抑えつけるのに必死だった。ナディアは、人の気さえ知らず言った。

「何されたって平気さ。うちは、あの人を愛しているんだから」

愛。愛だって？　シャルルは問うた。お前のいう、愛って何だ？

「簡単さ」とナディアは、自分の濡れそぼった股ぐらを開いた。

汗が飛ぶ情事のあとで、ナディアは必ずこう言った。

「いい男だねえ、あんさん。うちには、もったいないよ、こんな色男」

そして、夢みるようにこういうのだった。

「そうだ、あんさん、舞台に立ちなよ。ライトの下に立つあんさんは、もっといい男さ」

シャルルは役者になった。舞台の上の滑稽なピエロに。台詞回しなど下手くそで笑い者になろうと、彼女が、ナディアが笑ってくれさえすればそれで良かった。

それからすぐにナディアが薬物中毒だと知れた。

薬物の量は日に日に増え、ひどい日にはナディアはもうまともに立てなかった。ナディアの心はシャルルに出会うずっと以前に壊れていたのだ。

そんなある日、ナディアが妊娠した。どちらの子か分からないと、彼女は他人事のようにわらって言った。俺の子さ、とシャルルは濃く渦巻く腹の下で訴えた。

ナポリに行こうと彼は口にした。

パリなど捨てて、陽気で明るい家庭をつくろう。俺が、お前を守るよ。

ナディアは、眩しい陽でも見るように目を細めて、血色の悪い顔に薄い笑みを浮かべた。

「うちは、どこにも行かないよ」

子を宿しても、ナディアは薬物をやめられなかった。命を粗末にするなとシャルルは怒鳴りつけた。

二人は、激しい口論になった。ナディアは部屋を飛び出して、トラックと衝突した。ナディアの方が、不注意であったと運転手は証言した。ナディアの葬儀に、しかしシャルルは行かなかった。その日は、舞台の千秋楽だった。

シャルルは、甲冑を纏った騎士だった。彼はスポットライトを浴びて、誓った。

「わが命に代えてまで、お守りいたします」

ミミは、未亡人だった。歳は四十過ぎで、子はなく、たるんだ脂肪が顎や下腹に垂れ下がっていた。ミミがやってくると、すぐに分かった。彼女が歩くと、太った股が互いに擦れてゾウの足音のように鳴るのだった。雑貨屋の番台で朝から晩まで働きどおしのミミの唯一の楽しみは、モデル役者のおっかけだった。中でもシャルル・ジャルダンが彼女の一番のお気に入りだ。だから、彼が一年前にモデル業界から足を洗った時は、ミミは首を吊るほど嘆き悲しんだ。

彼が人生のすべてのように思われた。彼のいない日々なんて・・・ミミの決断は早かった。

彼女は店をたたみ、金に換え、すべてをバッグに詰めて、調べ上げた住所へ押しかけた。刃物で脅しても、シャルル・ジャルダンはそのハンサムな顔を歪めはしなかった。

「何の用だ?」

シャルルの声からは、怒りも怯えも感じなかった。ただ窓辺によっかかって、事の成り行きを見守っているようだ。

ミミは答えた。

「あんたは、モデル役者をやり続けるべきなんだ。だから、あたしと来てちょうだい」

ミミは、またじわりと一歩近づいた。その時、開けっ放しの扉から、ひょっこりと小さな頭がのぞいた。それは、一つでなく、ぞろぞろと、こちらをうかがっていた。その一人とシャルルは目があった。

「あれは?」

ミミはちらりと背後を振り返った。

「ああ、家を追い出された子たちだよ。親が育てらんなくってね。みんな、孤児院から私が引き取って育てているんだ」

十二歳くらいの年の子から、まだ歩けるようになったばかりの子まで、まちまちだった。

その中の一人。名も知らぬ少年は垢ぬけた顔立ちで、荒んだ目でシャルルをじっと見つめていた。

シャルルは、ジャケットからくしゃくしゃの煙草を取り出した。最後の一本だ。

シャルルは、煙を苦々しく吐いた。

「俺は、芝居は大根なんだ」

マルグリッド・オブリは齢七十近い老婆で、シャルルが十九歳の頃から仮住まいにしている宿屋「襤褸星・ルンペンルトワル」の女将であった。

右目が義眼であることに加えて、足が少し不自由な彼女はその昔、移動サーカスの一等星だった。彼女は空中ブランコ乗りだった。マルグリッドはこれまでの生涯で、三人の夫を持った。全員と死別した。彼女は年老いたオウムのように宿屋の一階の隅でいつも同じ席に座っていた。

パリを発つ日。

女の温もりも女の匂いもしない女の、その枯れ果てた胸に、シャルルは膝を折り顔をうずめた。マルグリッドは身動き一つせず、皺だらけの震える指でシャルルの頭をなでた。

そして、ぜんまいがうまく巻けなかった人形のように繰り言を囁いた。

「昔も昔、いろんな街に行った。けど、あたいは、パリが一等好きなのさ。誰もが愛することの哀しみを知っている。ここには哀しみさえも、愛さずにはいられない人間ばかりが集っている」

「・・・・愛は・・・・・」

シャルルは、饐えたからだの中で、ゆっくりと息をつくと、懇願するように尋ねた。

「愛は、どこにある?」

「・・・・・・愛は、降ってる。いつ何時も、哀しみを知る者の頭上に」

シャルルは背が震えた。マルグリッドの胸は固く閉ざされた。彼女は眠りにつくように、静かに目を閉じていた。

大衆酒場「青い馬蹄」には昼時から酒瓶片手に酒盛りをする常連客たちでにぎわっていた。女中たちのはつらつとした笑い声が、テーブルの間を行き交っている。ふと、大柄の男客が、女中の一人を捕まえてその膝に抱いた。無骨な手が太ももをまさぐって、女中たちの笑い声がひときわ明るくなる。あちらこちらで、無遠慮に小粋で下世話な会話が飛び交っている。

ロラン・ルルージュはいっそ通夜の後のような顔で、釣銭を数えていた。

彼は、下町で生まれ育っても、その気質はどこか荒事の苦手な平和主義者であった。

女のひとりも楽に口説けないで、という軽口は下町の男なら耳にタコができるほど聞く文句だ。

いつもの癖で、シャルルならどうするだろうと考えて、ロランはそのいまいましい憧れを振り払った。

マリアンヌがシャルルにキスをしていた。マリアンヌは自分の殻にこもっていても、彼女のその黒く濡れた瞳は自分に向けられているのだとロランは思っていた。だから、彼女から触れられた時、ロランはマリアンヌに想いを伝えたのだ。拒絶されて、しかし、ロランは幻滅しなかった。あの現場を見るまでは。

「もうすぐ卒業じゃねえか」ロランに声をかけたのも、顔見しりの客だった。

「頭がいいんだってな、ロラン。親父さんも喜んでいるんじゃねえか?」

「いや、普通ですよ」

親父が認めることといったら、仕事の腕と円満な人間関係だ。亡き母と違い、学校での勉学などあまり人生の足しにはならないというのがマテオの人生観だった。

ロランが、持ち帰る一等優秀な成績表をマテオは一度として見なかった。厳格な目が、無言のうちに伝える。働け、と。

その時、奥のテーブルがひっくり返された。女中らの短い悲鳴があがった。喧嘩だった。

拳が飛び交う派手なもめ事は日常茶飯事だったが、今は、親父が留守だった。ロランは、仲裁の為に、進み出た。十八になって、背丈はいっぱしになったが、日頃より鍛え上げられている男どもの振り上げる重たい拳には、敵わない。結局、騒ぎに間に合ったマテオが、やすやすと両名をなだめてしまうまでに、ロランは肩と腹に一発ずつくらってい
た。

女中に後片付けを言いつけるマテオの視線がロランを一蹴した。その厳しい目つきは、ロランをさげすんでいるかのようだった。

色恋なぞにうつつを抜かすな、と。二階から騒ぎを見に下りてきたルイが泣いていた。その脇でピエールが勇ましい目をして、それぞれ抱えられて店から連れ出される当人たちを睨んでいた。拳をくらった腹が痛かった。ずっしりと堪えた。

ロランは、ひとり立ち尽くして、自分の不甲斐なさを噛み締めた。

その日、マリアンヌは校内の学長室に呼ばれた。ポマードにタートルネックニットとツイードのジャケットを着た老齢の学長とマリアンヌははじめて対面した。彼はマリアンヌに椅子を勧めながら、穏やかに尋ねた。

「わが校の姉妹校がミラノとウィーンとニューヨークにある。知っていたかね？」

「いいえ」

「そうか。いや、実は毎年、それぞれに交換留学生を集っているんだが、今年はその一人に君を推薦したいんだが、どうかね？」

「・・・交換留学ですか」

マリアンヌは、喉に詰まりかけながら繰り返した。学長は頷き、紳士然として続けた。

「期間は通常半年なんだが、アクタースクールに入ればそのまま卒業資格がとれる。最長二年の受講が可能だ。留学費用や滞在先の心配はいらない。こちらで君の生活支援保護者になっているローラント氏とも先日話し合っている。彼女は君の意見を尊重すると言っていたよ。どうかね？　君にとっても視野の広がるいい機会だ。芝居の勉強になると思うんだが」

マリアンヌは、即答できなかった。考える時間が欲しいと思った。

学長室の窓からは、雨に濡れる街並みが見えた。地味な羽色の小鳥が一羽、打ちつける雨粒の中を飛び去っていった。

マリアンヌは、傘もささず雨の中を歩いていた。

「よろしくお願いします」

先ほどの、自分の決断を噛み締めながら石畳を踏みしめる。

人生に、こんな機会は何度もめぐってはこない。ちょうど、ジャンに役をもらったように。

巡り合わせ。その言葉を人はなんと都合よく解釈するだろうか。

けれどそれはいまだ自信の持てない背を押すには、心強く響いた。

マリアンヌは、パリを仰いだ。灰色の雲がひしめいている。

いつか底抜けに青い空が、見えるだろうか。

雨が瞳にすべり落ちて、マリアンヌは俯いた。あの日から、謝ることの出来ない一言を、傷ついた顔を、マリアンヌは幾度思い出したことだろう。

いくじのない臆病者に、パリの雨は冷たかった。

―　二年後　ニューヨーク
楽屋には、一日早い花束や贈り物が届いていた。

メイクを落とす先輩らに混じって、更衣室から出たマリアンヌに声がかかった。

「マリアンヌ、アンジェリーナが呼んでるよ」

廊下ですれ違うのは、劇場付きの大道具や美術スタッフらである。

「良かったよ」

「今日は特に最高だった」

「ありがとう」

アクタースクールの雇われ指導者であるアンジェリーナ・ヴァンサンは劇場上に、個室を持っていた。その部屋は、暗幕のようなマントで覆われ、マリアンヌは初日に足を踏み入れた時、ジプシーの幌小屋かと思った。アンジェリーナは、百八十センチもある大柄な女性で、褐色の肌に丸い貝の耳飾りをして、マリアンヌを待っていた。

「お疲れ、マリアンヌ」

「お疲れ様です」

部屋全体にマントがかけられ外光はないが、奥の一幕を引き上げれば、そこから舞台が見下ろせるようになっており、彼女は本番当日はここから役者たちをチェックしていた。

今日の芝居の講評だろうかとマリアンヌはしばし、身構えた。アンジェリーナは、小さなクロスのかかった卓で、足を組み、慣れた手つきでカードの束を切っている。四十まじかのその顔は、生きてきた辛苦の数だけ皺が潔く刻まれ、その独特の美しさはまるでロマそのものに見えた。

マリアンヌは、ちらりと部屋の壁を見た。色鮮やかなタペストリーの傍に、白黒の古いポスターが貼ってあった。長いブランコと、真ん中には天空に身を投げている女の人がいる。

「私の師匠だよ」とアンジェリーナはこちらを見ずに答えた。

「マルグリッド・オブリ。伝説の空中ブランコ乗りさ」

そう言うとアンジェリーナは、手元のタロットを卓上に並べ始めた。すべてを並べ終えると、一枚捲る。ふむ、と一息ついてアンジェリーナは顔を上げた。

「さて、今日の芝居だけど、よかったよ。周りの評判も上々だし」

「ありがとうございます」マリアンヌは、内心ほっとした。アンジェリーナは世辞を言うタイプではない。また、一枚、カードが捲られた。

「明日、芝居がハネたら、あんたはパリに帰るんだろ？」

「一応、そのつもりですけど」

ふっと、何かが香った。アンジェリーナの背後で、香がたかれていた。

「私も、今期の契約が切れるから、明日でこの地とはお別れなんだけれど、最後にあんたに教えといてやりたいことがあるんだよ」

「なんでしょうか」

「うん、その前に、あんたがこの二年間、誰よりも稽古に励んで、努力してたのは知っている。それを私が誰より傍で見てきた」

「はい」マリアンヌは、頬が震えた。

「どんなに辛くても、あんたは泣き言一つ言わなかったね。その姿勢は、誰も真似できることじゃないよ。あんたはあんたの目標をやり遂げた」

マリアンヌは、黙って聞いていた。耳の奥が熱かった。アンジェリーナはそんなマリアンヌを見つめながら、続けた。

「ただね、マリアンヌ、一つだけ。二年間であんたが越えられなかったことがある」

「・・・はい」

「観客のことを考えたことがあるかい？」

「・・・・」

マリアンヌは、言葉もなかった。

「これは、芝居であり、ショウだ。舞台ってのは、お客がお金を払って見に来るんだよ。そしてそのお客は、舞台に何を見に来ていると思う？　それは、役者の誇りや気高さじゃないんだよ。地に足つけるしかない人間が、もがきながら生きてる様さ。私たちは、そうやすやすと天は飛べない。もがき苦しんだ人間だけが、星のように輝けるんだ」

アンジェリーナはそこで、ふっと肩の力を抜くように言った。

「そこで、裸になりな」

「え」

マリアンヌはたじろいだ。人前で裸になったことなどこれまでなかった。

マリアンヌはほかならぬアンジェリーナに助けを求めた。アンジェリーナの目は真剣だった。マリアンヌは諦めたように服を脱いで、下着になった。すっかり心もとなくなった胸の前で腕を抱くマリアンヌに、アンジェリーナは追い打ちをかけるように優しくいった。

「下着も脱いで、そこに横になりな」

「でも」

往生際の悪いマリアンヌに、アンジェリーナは苦笑しながら言った。

「誰にも言えない傷や心のしこりなんてのは、人間当たり前さ。けどね、あんたはちょっと硬いのさ」

マリアンヌの傍に腰かけたアンジェリーナからはお香と同じ匂いがした。アンジェリーナは薄暗い部屋で囁いた。

「心を許した男がいるだろ？　目をつぶって、その男を思い出しな。どんな声で、呼ぶのか。どんな風に、触れるのか」

「あ」

アンジェリーナの指先が、マリアンヌに触れた。ひんやり冷たくて、心臓が飛び出そうになる。

「ほら、目はつぶっとくんだよ」

それきり、アンジェリーナはもう何も言わなかった。次第に熱くなる指先だけが、マリアンヌを翻弄した。

「ん」

マリアンヌは唇の端を噛みながら、思い出していた。自分を強く抱いて離さなかった腕と、その指先を。

「いや」

しっとりと汗ばんだからだが次第に意のままにならず、マリアンヌは夢中でかぶりを振っていた。

「・・・いやじゃないだろ」

耳元で聞こえたような囁きが誰のものなのか、けれどマリアンヌにはもう分からなかった。

「あ、ロ、ラン」

熱いうねりの波の中で、マリアンヌは思い知った。自分が本当はずっと何を求めていたのかを。優しく欲情に濡れて、自分を見つめていた青い瞳が欲しかったのだ。

身なりを整えているマリアンヌをしり目に、アンジェリーナは卓上の中央のカードを手に取った。

「明日だけど」

擦り切れたカードの絵柄は沈黙している。アンジェリーナは答えた。

「私も、一緒に発とう」

マリアンヌの艶めいた瞳は、やがて定まった。アンジェリーナは壁の星を見つめた。

「一寸先は誰にも分からない。けど、星は、巡り続けている」

パリへ降りたつ前に、二人はロンドンにたち寄った。霊媒師だというアンジェリーナの姉と甥に会うためだった。

「悪いね、つき合わせて」

アンジェリーナは、意外にもとんと地理に疎い方向音痴だった。マリアンヌは見知らぬ土地の路上で地図を広げて、住所を確認していた。

駅員に尋ねると、アンジェリーナの家族は地下鉄で三十分ほどの場所に住んでいた。

「また、引っ越ししたんだね。さてと、私は半日ほどで戻るよ。あんたは、ロンドン観光でもしてればいい」

「いえ、でも」

マリアンヌは言い淀んだ。アンジェリーナがバスや地下鉄を乗り換えられるか不安があった。アンジェリーナはマリアンヌの心配をよそに、肩をすくめた。

「私の家族は、みんな変わり者でね。あんたに余計な気遣いさせたくないんだ」

アンジェリーナが颯爽と人波の中に去って行ってしまってから、マリアンヌは橋の上で、流れゆく川を眺めていた。空は、嘘のように晴れ渡っている。

橋の上を西へ東へ行き交う人々を背に、マリアンヌはこれからを考えた。

芝居は好きだった。劇団員と打ち解けるまでに苦労することもあるが、演じている瞬間、その役はほかならぬ自分のものだった。名が売れるかは分からない。ニューヨークにいる時も、アルバイトは掛け持っていた。働けるなら、どこででもやっていける。

ふと、「好きだ」と何度も思い返した声が、耳の奥で蘇る。

「好き」その想いを伝えたら、どうなるんだろう。どうなるというのだろう。

傍にいて、隣を歩いて、触れ合って。それから？

同じベッドで目覚めて、同じ家へと帰るのだろうか。それから？

誰かと共に生きていくということ、それはマリアンヌには容易く想像が出来ないことだった。

「マリアンヌ」

マリアンヌは、時が止まったかのように、振り向いた。

大時計を前に、ロザリーがいた。

ロンドンの天気は変わりやすい。風が出て、彼方で、ゴロと空が鳴いた。


二人っきりになれる所へと、ロザリーはクレジットを切って、ホテルのスイートルームを取った。オリエンタルな花の香がする。ロザリーは慣れた風に、調度品に飾られた部屋を奥へと進んだ。

「背が伸びたわ」とロザリーはこちらを見ずに言った。

「・・・五年だもの」

「そうね」

マリアンヌは扉の前から、動けなかった。ロザリーはファーコートを脱ぐと、ゆったりとしたキングサイズのベッドに腰かけ、光沢のあるシガレットケースを取り出した。

「聞かないのね」

「何を?」

「父親が誰か」

思い出の中で、ロザリーは一度もシガレットを持ち歩いたりしなかった。紫煙の向こうで、鮮やかなワンピースを着たロザリーはヴェールがかかったように綺麗だった。

マリアンヌは複雑な胸のうちを整理できぬまま、沈黙を破った。

「誰なの？」

ロザリーは窓を眺めた。ふっと黒く濡れた瞳の中に、読めない感情が走った。外はどしゃぶりで、遠くで雷鳴が轟いた。

「九つの時に両親が死んだわ。事故だった。私だけが助かった」

淡々と、まるで他人事のように、ロザリーは語りだした。

「そして、シャルトルの叔母の元に引き取られたわ」


ロザリーはシャルトルの叔母の元に引き取られた。

叔母はロザリーに厳しくあたった。何故なのかは、分からない。ただロザリーにとってそこに自由はなかった。叔母は、地元の学校へロザリーをやり、将来は教師へなるべきだと諭した。たとえ、女ひとりになったって、やっていけるようにと。ロザリーは反抗した。教師なんて、性分じゃない。叔母はロザリーの気持ちなど構わず、十五になった彼女に家庭教師をつけた。

忘れもしない。シャルトルの美しい街並みは霧雨に濡れていた。

傘を持たずに、髪を濡らして、その人はやってきた。

彼は二十五歳で街の大学を出たあと、婚約をして、田舎に越してきたばかりだった。

「君は、きっといつまでも変わらないんだろうな」と彼は上気したからだで、髪をかき上げながら言った。その瞳は、何かを切望しているようにも見えた。

「それでもかまわないわ」とロザリーは、天使のように囁いて、自分の白い太ももに流れる筋をなぞった。

ロザリーはいい生徒だった。彼はすべてを教えてくれた。彼のことを本名でなく、ミロと呼ぶのが二人の約束事だった。

叔母が曾祖父から受け継いだ屋敷は広くて、叔母や使用人の目をかいくぐるなんてのは、簡単だった。やがて、ロザリーは十七になった。ミロには息子が出来た。

ある時、ロザリーの同級生のマリウスが二人の秘密を知った。マリウスは学内でも地味で陰気な男の子だった。ロザリーは知っていた。マリウスが自分をどんな目で見ているのかも。誰もいない放課後の教室で、マリウスが問い詰めた時、だから彼女は言ってやったのだ。

「彼のことが好きなの？　既婚者だよ？　子どもだっているんだ」

「彼は私の欲しいものをくれるもの」

「欲しいものって？」

マリウスの喉が、こくんと鳴った。

ロザリーは制服のリボンを解いた。白くなめらかな首筋に赤いあとが見えた。マリウスは目をそらした。ロザリーは意地悪っぽく尋ねた。

「あなたは何をくれるの？　マリウス」

尋ねながらも、ロザリーは自分がどうしてこんなにもマリウスを邪険にしたいんだろうと思った。マリウスは、丸い拳を震わせながらクラスメイトを責め立てた。

「君は軽率だ。愛し合うことは、もっと互いの」

「愛？　愛ですって？」

その言葉を聞いて、ロザリーはいっそマリウスを嫌悪した。

この世に、どんな愛があるというのだろう。理不尽なことばかりなこの世の中で。

マリウスは、自分を女神か何かだと思っているのだろうか。

欲しいものは、たとえば、身に傷を負わねば手に入らない。

誰かに責め立てられるのなんか、もううんざりだ。事故のあった日、父も母を責めていた。

「じゃあ、その愛を私にくれる？」

マリウスの目が、絶望に陰るのをロザリーは見た。

「子どもが愛せないんだ」とミロはぼそりと言った。

「どうして？」ロザリーは冷めゆく熱の中でぼんやりと聞いた。ミロはそれには答えずに、愚痴を続けた。

「彼女は、息子にかかりきりさ」

「私がいるわ」とロザリーは天使のように囁いて、指に巻きつく髪をすっかり冷えてしまった自分の胸に引き寄せた。

マリウスは、ミロの家へと向かっていた。ミロは不在だとしっていたが、ミロの妻と幼い息子がいた。彼はすべてを告げるつもりでいた。巡り合わせが悪かったのだ。

その時分、街では空き巣をねらった強姦被害が多発していた。ミロの妻は身ごもっていて、このところ家に寄り付きたくないように外泊が増えた夫のこともあり、多分に神経質になっていた。

家のチャイムが鳴らされた。続けて、ドンドンと扉を叩く音がする。ミロの妻は、警備会社に電話をした。警備員はすぐさま到着した。

マリウスは気づかなかったのだろうか。

たった一発の警告の為の銃弾が、運悪くマリウスに当たってしまった。

葬儀の日、ロザリーははじめてマリウスが孤児院育ちの養子だったと知った。

マリウスが唱えた愛とは、男女が結ばれた末の、幸福な家族だったのかもしれない。

ミロの妻は、流産した。

ミロは、家族を連れて、シャルトルを出ていった。それから、ロザリーと再び会うことはなかった。

ロザリーはミロの子を生んだ。それから、ロザリーが家を出るまで、叔母との仲は険悪そのものだった。

「その人を愛していた？」マリアンヌは、唇が震えないのが不思議だった。

「あれから、・・・・二人堕ろしたわ」

それがロザリーの答えのすべてだった。シガレットは消えていた。ヴェールはもうどこにもなかった。

ファーコートに身を包み、部屋を後にするロザリーの背に、マリアンヌは問いかけた。

「あの時、どうして」

ロザリーはすべてを聞く前に、マリアンヌを見据えた。

「私があなたにあげられるのは『自由』だけよ」

その指先がマリアンヌの頬へ、触れるほど近づいた。

「好きな人がいるのね。・・・・ねえ」

黒く濡れた瞳の中に、憂いが見える。それはどちらのものだろうか。ロザリーが言った。

「愛ってなにかしら？」

「好きと囁く唇にキスすること？　その腕に抱かれること？　それとも、一緒に暮らすことかしら？」

マリアンヌは何も答えられなかった。その問いかけは、ロザリー本人の為のような気もした。そして、ロザリーは傷ついた女神のように、優しくマリアンヌにお別れのキスをした。

そののち、ホテルにアンジェリーナから連絡が入った。もう一日ロンドンに滞在したいとのことだった。なぜ、マリアンヌがホテルにいることを彼女が知りえたか、それはマリアンヌには分からぬことだった。雨は上がっていた。その夜、マリアンヌは、だだっ広いキングサイズのベッドで、眠りについた。

アンジェリーナは空港で、電話番号のかかれたメモとマリアンヌの肩を抱いてくれた。

「あんたの頭上に幸運を」

「貴方にも」

渡された電話番号には、クリステスが出た。クリステスはマリアンヌがニューヨーク滞在時にも、高い空輸費を出して、いろいろなものを世話してくれていた。

「あなたのニューヨーク公演を見たって人から、スカウトの話がこちらに来ているわ。今から、ロサンゼルスに行ける？」

パリに戻るのは、先になりそうだった。

九か月後　パリ

久しぶりに会ったクロエは、髪を切っていた。抱き合ったその手元に、きらりと光るものを見て、マリアンヌは目を丸くした。クロエもお道化たように目を丸くしてみせた。そして、冗談っぽく言った。

「婚約したの」

二人はもう一度、騒がしく抱き合った。

クロエはマリアンヌを自宅でのディナーに誘った。その席には、婚約者のダミアンもいた。彼はスポーツインストラクターだった。

それから学生時代の思い出話と、お互いの近況報告と、クロエとダミアンの馴れ初めまで、時間はあっという間に過ぎた。お酒に弱いダミアンがさきに潰れてしまってから、マリアンヌとクロエは、バルコニーに出た。風が酔いをほどよく覚ます。

夜は澄み渡っていて、綺麗だった。

「ロランにはもう会った？」

マリアンヌは静かに否定した。そう、と呟いてクロエは隣に並んだ。

クロエがこの話の為に自分を呼んだのだと、マリアンヌはわかっていた。少しして、クロエは口を開いた。

「彼、あれから大変だったの」

大衆酒場「青い馬蹄」の店内にはマテオではなく、ピエールが立っていた。

マリアンヌがパリを発ってしばらく、マテオが倒れた。命に別状はなかったが、年齢からくる心臓の不整脈と機能の衰えで、今も入退院を繰り返している。ピエールは数年前よりもぐっと身幅が増し、前線の兵士のように大人びていた。ふと、客もまばらな店の軒をくぐったその人に、ピエールは硬い顔のまま軽い会釈をした。そして、少しくすぐったげに言った。

「兄貴なら、仕事で出てるよ」

「そうなんだ。ここで待ってもいい？」

リナは愛嬌のある顔立ちで、一つに纏めた猫毛の髪に、深い色の瞳をしていた。まるで黒く濡れたような。

リナは、ピエールが頷いたのを確認して、盆を手に取った。座ってればいいと勧めるピエールに、リナは気さくな感じで断った。

「いいの。私がしたいから」

マテオが店を長らく休んでいる間、女中たちの幾人かは暇を出されていた。常連客は変わらず顔を出すし、評判も落ちてはいないのに、マテオがいないだけで、店の空気は締まらないものだった。満足に仕事を覚えていない息子たちの翻弄ぶりは、この頃ようやく落ち着いてきた。

リナがテーブルの空き瓶を片していた時、ロランが店へと帰ってきた。相変わらず、優男の風体だが、目元に仕事への責務から鋭さが増している。

「ご苦労様」

そう声をかけたリナが布巾でテーブルを拭いている姿を見て、ロランは眉根を寄せた。

「座って待ってればよかった」

「さっきピエールにも言われちゃったの」

ロランは、ピエールを一瞥した。ピエールはそっぽを向いている。ふたりの空気に関わりたくないようだった。

「あ」と呟いて、傍に寄ったリナがロランの髪を梳いた。

「葉っぱがついてた」

そうして、顔の前で、青い葉をくるくる回して見せる。

そんな愛情表現の素直なリナにほだされて、三か月前にロランは関係を持った。

シーツの上で乱れる細く白い首筋と、黒く濡れたような瞳に、一瞬自分が誰を見ているのか、無自覚でいるほど、ロランは馬鹿ではなかった。

けれど、胸のうちと腹の下は別だと割り切れるほど、器用でもなかった。リナが純粋に自分を好いていると知れば知るほど、ロランのその正直な性格はいっそ彼を人知れず悩ませた。

「そういえば」とリナがあどけなくふり向いた。

「このお店も青ね」

「ああ・・・古い話だ」

ロランはちらりと時計を見て、彼女に椅子を引いてやった。仕込みまでには時間があった。ロランはリナが興味気に目を輝かせる様に少し気を良くしながら、幼い頃に聞き馴染んだ物語を聞かせてやった。それは母が好きだった話であり、父がその昔店の名に据え置いたのだ。ロランは、自分の気質は父よりも母に似ている面が大きいと思うことがある。

マテオが倒れなければ、ロランは大学で神話学を専攻したかった。

ふいに、ロランはこのところついぞ上ることのなくなった屋根裏部屋の、どこにしまったか目を閉じても分かる一冊の、いつか、心を捕らえた一ページを思い出した。

「あ、いらっしゃい」

ピエールが招き入れた客の顔を見て、ロランは息が止まるかと思った。

そこには、マリアンヌが立っていた。

店の空気が、わずかに緊張した。

その気配にリナが無言で、ロランをそっと見据えた。

その視線の意味が分からぬほど、マリアンヌはもう子どもではなかった。

けれど、この場を冷静に収めるほど、彼女は賢くなかった。

「・・・最低」

そうなじって店を出ても、ロランは追ってはこなかった。いつかのように。けれど、マリアンヌは追ってきてほしかった。腕を掴んで、身勝手な自分を罵って、釈明してほしかった。そんな自分は、本当に愚かな子どものようだと、風を切りながらマリアンヌは思った。

マリアンヌはクリステスのアパルトメントからほど近い路地裏の部屋を借りていた。部屋の明かりもつけぬまま、マリアンヌはリビングの机に突っ伏した。どれほど、時がたっただろうか。

呼び鈴が鳴った。

マリアンヌは、扉を開けた。

苛立ちと期待と困惑を前に立ち竦むロランの、その顔を見て、マリアンヌは彼の手を引いた。扉が閉まり切る前に、その首に腕を回す。

「・・ふ」

マリアンヌは、もう一度、今度は誘うようにキスをした。それから、吐息が触れ合うほどの距離で、濡れた唇を薄く開いて待った。

誰に教わったわけでもないのに、愛しい者を手中へと導くその術を、どうして我々は知っているのだろう。生まれ落ちた瞬間から、まるで罪咎のように。

忙しない吐息の合間に、何事かを誓わんとする唇を、けれどマリアンヌは制した。そして、青い瞳を赦した。

「もう、知ってるわ」

マリアンヌはもう分かっていた。愛とは、月が満ちるように、自身の欠けている何かを埋めてくれるものではないのだ。それでも、と。それでもマリアンヌはロランが欲しかった。その気持ちはとても純粋でほの暗く、熱い切っ先のように、互いの胸と身体を貫いた。


時が止まる気がした。絶え間ない吐息の合間に、ベッドが軋む。

ほの暗い闇の中でだけ、確かに満ちるものは何であろう。

たとえ、欠けていこうとも、それは、ふたたび巡り合う前の永遠の約束事のように。

「好きだ」

暗がりに囁きが耳を打った。

マリアンヌは、そっと目を開けた。そして黒く濡れた瞳に映るすべてを愛した。

時が巡って
客席は満員だった。もうすぐ幕があく。
初演が二十年も前のこの芝居は、今や子役役者の登竜門の一つとなっている。
拍手が巻き起こった。そして、ゆっくりと照明が落ちた。

スポットライトが、頭上に降り注ぐ。天上からの光のように。

「やっと戻ってきたわ。私はここに愛を見つけたの」

愛。その言葉は、波のように、客席へと満ちていった。

彼女が賑やかしい楽屋を訪れると、明るい声が響いた。

「母さん！」

エドガーが、仲間の輪の中から手を振った。彼はまだ興奮さめやらぬようだ。無理もない。はじめての大舞台だったのだから。

「おばさん！」

彼の隣には、コラがいた。父親に似てハンサムな彼女は、しかし今日は名女優であった。

コラは走り寄って抱きついた。

「おばさん、あたしさっきおばさんにそっくりな人を見たわ。男の子と一緒だった」

マリアンヌは、つかの間胸が一杯になる気がして、そして「今日は素敵だった」と彼女の勇姿を存分にほめた。

「あいつは？」

そう言って、楽屋に顔を出したのは、シャルルだった。

「今日は大学で大事な講義があるから、抜けられなかったわ」

少し、頭髪の薄くなったシャルルは、今、市外で子役のアクタースクールを経営していた。未だ独身で、年上の連れ合いは、近頃リュウマチが酷くて大変らしい。

「じゃあ、打ち上げでね」

その場でジャンとクリステスにも会えるだろう。二人は変わらない。マリアンヌはエドガーとコラに手を振った。

劇場を出ると、予報外れの雨が降っていた。きっとすぐに上がるだろう。マリアンヌは、傘も持たず通りを足早に駆けていく人々を見つめた。そして、気づいた。仕事着のまま、迎えにきたその人に。おろしたばかりのスーツはクリーニング行きだ。

マリアンヌは微笑んで、雨の中へと駆け出した。

「エドガーはどうだった?」

「あなたより、ずっとうまかった」

雲間に青空が見えた。その時、通りで遊んでいた子どもたちが叫んだ。

「あ、虹だ!」

二人は振り仰いだ。

パリは、愛に濡れていた。

アズールとヴェルデ

仕立屋に双子の姉妹がうまれました。白い頬に白い指先、姉妹はどこをとっても瓜二つでした。ただ二人を分かつのは、瞳の色だけ。アズールは青の瞳、ヴェルデは緑の瞳をしていました。

はさみが布を裁つ音。糸が巻かれていく音。糸を通した針が、波のように布の上を渡っていく音。布の皺を伸ばす為の鉄のアイロンが、ストーブの上で熱くなる音。新しいレース地を売り込みに、生地屋が訪ねてくる音。

両親と姉らが仕事する傍らで、双子は大きくなりました。

後ろ姿でも誰もが見分けられるように、ヴェルデは長く伸びた銀色の髪を巻き、アズールは同じく銀色の髪を短く切り揃えてました。

ヴェルデは上の姉たちに習ってその腕前に負けぬほど、針仕事がうまくなりました。

いつまでたっても、針仕事の上達しないアズールを姉たちが冷やかします。

針仕事の下手なお針子は、谷底の魔女がさらいに来るのよ、と。

それはこんな言い伝えでした。

むかし、強欲でわがままなお妃がいました。お妃は、お針子にこの世で一等美しいドレスを仕立てよと命じました。お針子は、大層美しいドレスを仕立てました。お妃は気に入りません。もっと美しいドレスを。お針子はもっと美しいドレスを仕立てました。それでも、お妃は気に入りません。お針子がやせ細ってもお妃は出来上がったドレスを見ようともしません。

とうとうお針子は手にした針でお妃の目を突きました。お妃は驚き、叫び、城を飛び出すと、そのまま谷底に落ちていきました。素晴らしいドレスを見た王子とお針子は幸せになりましたが、今でもお妃は日の光も届かない谷底で針仕事の下手なお針子を恨み、彷徨っているというのです。


さて、アズールは　懸命に針仕事を覚えました。

姉さんたちに買ってもらった指南書も、背表紙がボロボロになるまで読みふけりました。それでも、アズールの腕は変わりません。アズールは悔し紛れに言いました。

「いつか、まだ誰もみたことのない一等素敵なドレスを仕立てるわ」

「ええ、大丈夫、きっと出来るわ」

ヴェルデの優しい緑の微笑みに勇気づけられて、アズールはヴェルデとならば、どんな夢でも叶う気がするのでした。

「ねえ、ヴェルデ、あなたの夢は？」

アズールはヴェルデがきっと、私も同じよと言ってくれると思っていました。

ヴェルデはうつむき答えず、白い頬を赤らめただけでした。

季節が巡りました。もう誰も二人を見間違えることはありません。

冬の終わり、暖炉の薪のはぜるそばで、アズールはヴェルデに習いながら、自分のほころびた服をどうにか繕っているところでした。アズールはヴェルデが何かもの言いたげにしているのを見て取って、そのわけを尋ねました。

そこでヴェルデは、いつの日か街のはずれの製本所を訪れた時のこと。そこで、見習の青年と恋に落ちたこと。その青年の故郷は、山の向こうにあって、春になり、青年が一人前になったら二人で一緒に暮らす約束をしているということを打ち明けてくれました。アズールは、黙って話を聞き終えました。ヴェルデの横顔に幸せのありかを認めても、アズールは自分の心の底に身勝手な気持ちが芽生えたのをはっきりと悟りました。

—ヴェルデは私を置いていくんだわ・・・私を裏切って。

暗い窓の外の木々がざわめきました。

サビシサ　サビシサ　サビシサ

春が来ました。

別れの朝、青年がヴェルデを迎えに来ました。ヴェルデは妹の手を握りました。

「無事についたら、手紙を書くわ。寂しくてもきっと大丈夫よ」

その時、アズールはヴェルデが「私も、同じよ」と言ってほしいのだと分かりました。

ヴェルデはアズールを見つめていました。緑の瞳の中に、青い瞳が、青い瞳の中に緑の瞳が、合わせ鏡のように映り込み、それは果てで一つに溶け合いました。

アズールは手を握り返し、「ええ、待っているわ」とだけ答えました。

たった一つの素直な気持ちを口にすることができなかったのです。

馬車に乗りこむ前、ヴェルデはもう一度アズールを振り返り、そうして青年に肩を抱かれて旅立っていきました。

ヴェルデからの知らせは、けれど日をまたぐこともなく、アズールの元に届けられました。青年とヴェルデをのせた馬車が、山を越える途中で落石にあい、谷底に落ちたのです。

アズールの胸は哀しみと後悔とに引き裂かれました。もうどんな言葉でさえも交わすことが出来ないなんて。ヴェルデがずっとそうしてくれたように、どうして彼女の夢を信じてあげられなかったのでしょうか。私たちは、ずっとずっと一緒だったのに。

涙も涸れ果てたころ、アズールは馬に跨り手綱を取りました。他に何ができたでしょう。街を駆け、野を走り、山を登り、いつの間にか空には黒い雲が立ち込めはじめていました。山道は途中で岩に阻まれています。アズールは、深い深い谷底へと続く険しい崖を歯を食いしばり、恐怖に身を震わせながらおりていきました。

谷底では魔女が、アズールを待っていました。

「願い事があるんだね」

魔女は、めくらでした。年老いた魔女は、百羽のからすを縛り上げ逆さにぶら下げたような黒い服を着ています。

「なあに、ここに来るものはみんな、願い事があるんだよ」

そういって薄気味悪い笑みを浮かべる魔女の頭には、宝石を散りばめた冠が輝いていました。

「おまえの願いをかなえてやろう。そのかわり夜明けまでに、このあたしに、この世で一等上等なドレスを仕立てておくれ。目が見えぬからって、ごまかしなどしたって無駄だよ。あたしにはわかるんだ。その時には、おまえの髪をむしり、両の耳をひきちぎり、喉を切り裂いてやろう。そうして、目の玉は最後まで残しておくんだ。己の苦しむ姿がよく見えるようにね。さあ、行くんだ」

どす黒い闇の雲間から稲妻が走りました。右へ左へ打ちつける雨風の中を、どうやって帰ってこられたのかわかりません。気づけば、アズールは、薄暗い仕立屋の工房にひとり立ち尽くしていました。ふと、かたわらの姿見に映る目と目が合いました。

あとはもう何をすべきなのか、分かっていました。アズールはひとり図案を描き起こし、型紙を抜き、それを広げた絹地に写し　裁ちばさみで切り、そうして出来たいく枚もの布地を縫い合わせ始めました。ひと針、ひと針、糸目が進むごとに、アズールの青い瞳から、白い頬をつたい涙が静かにこぼれていきました。

「ヴェルデ」

時計は今いくつの鐘を数えたでしょう。もうアズールは眠ることも、食べることも、休むこともしませんでした。やがて、そのからだはどこからともなく透けはじめ、ただ、十本の指だけが果敢に働き続けました。

ぷつん、と糸がひとりでに切れました。ドレスが仕上がったのです。ゴロっとなにかが床を打ちました。それは濡れそぼった、青と緑の瞳でした。

谷底の魔女は、約束通りに仕立屋にやってきました。寄り添うように転がるふたつの瞳を見つけるやいなや、踊り狂ったような足取りで飛びつきました。そして、めくらな目に収めてしまうと、ふと、かたわらの姿見をのぞきました。そこにはみすぼらしく醜い姿がありました。谷底の魔女は恐れおののいて、外に飛び出し、そうして雷に打たれてしまいました。

嵐が去り、朝が来ました。窓から差し込む陽の光に照らされて、工房には、美しい純白のドレスが仕上がっていました。

いのちのまんなか

いのちのまんなか
がらんどう

よろこびもかなしみも
なげきもいたみも
おののきも

みんなみんな
おさめてしまうの

いのちのまんなか
がらんどう

なにもないこと

なにもかも
それでいいのよ

きょうもきょうとて
だれかれの
いのちのまんなか
がらんどう

青い歌声のリリー

冬も間近の道端で、アンヌマリーは傷つき震える小鳥を見つけた。

アンヌマリーは、侍女の止めるのも構わず、小鳥を膝の上に拾いあげた。

「ケガをしているのかしら」

「汚らしゅうございますよ。お嬢様。さあ、早く参りましょう」

「これからお医者様のところへ行くのよ。この子も一緒に診てもらいましょう」

医者のもとで、アンヌマリーはいつものように喘息の薬を処方され、小鳥はというと傷口にヨードチンキを塗られた他は、今年の冬は越せないだろうとのことだった。アンヌマリーは自分のレースのハンカチーフに小鳥をくるみ、懐で暖めながら家へと連れ帰った。みすぼらしい様の小鳥に家の者はよい顔をしなかったが、なにぶん普段よりわがままの言わない子だったから、三日三晩の懇願の末、アンヌマリーの願いは聞き入れられた。

アンヌマリーは自分の部屋に鳥籠を置き、小鳥をかいがいしく介抱した。小鳥が元気になればいつでも飛び立っていけるようにと、鳥籠に鍵はかけなかった。

秋は過ぎ、冬がやってきた。

小鳥は、まだ羽ばたけなかったが、自ら餌を食べ水を飲んだ。小鳥は鳴くのが下手だった。アンヌマリーは、ピアノのふたを開け、鍵盤を弾いた。

「さあ、これがラよ」

小鳥はピイと鳴いただけだったが、

「そう、いい子ね」

とアンヌマリーは優しく教えた。それから、冬の間中、小鳥はいくつもの曲を覚えた。それでもまだ鳴くのは下手っぴだった。

雪が積もる庭先で、子どもらが楽しげに遊ぶ声が、部屋まで届いた。アンヌマリーは、四人目の家庭教師を見送ったところだった。ふうっと息をついて、アンヌマリーは鳥籠のそばに立った。すっかり傷跡が目立たなくなった小鳥の羽は、綺麗な青い色をしていた。窓の外では、雪がちらつき始めた。アンヌマリーはつかの間遠くを見つめ、小鳥へと向き直った。

「ふふ、お前がいるから、寂しくないわ」

小鳥はピイピイとさえずった。

「そういえば、名前がなかったわね」

アンヌマリーは、ちょっと考えこむように首をかしげてから、微笑んだ。

「おまえの名前はリリーよ」

冬も終わりが迫っていた。家の者が寝静まった真夜中、小鳥は、その小さな心で自分の命があとわずかだということを悟った。小鳥はついに飛ぶことの出来なかった翼を、ばたばたともがくように動かした。からだのすべてで何かを伝えんとするかのように。そうして、不思議にもそれを聞き届けたものがあった。

月日が廻った。アンヌマリーは美しく成長した。古くからの家政婦が新しい侍女を紹介した。

「こちらの者が、お嬢様がお嫁ぎになるまでのご準備を手伝います」

アンヌマリーはその者の見目をみて、驚いた。

「まあ、綺麗な青色ね」

侍女は青い髪に青い瞳をしていた。

「まるで、わたしの小鳥のよう」

アンヌマリーの表情が暗くなったのを見て、侍女は何かもの言いたげだったが、家政婦がコホンと咳払いして付け足した。

「こちらの者は、生まれつきあまり口は利けませぬ。名はリリアンヌ。しかし、侍女としては十分お嬢様のお役に立てると思います」

「ええ、でもお手伝いはもう十分よ」

アンヌマリーは侍女と二人きりになると、まるで友人のような気安さで話しだした。

「以前にね、小鳥を飼ってたの。けれど、私が鳥籠の鍵をしていなかったから窓から野良猫が入ったんだろうって・・・あなたの髪と瞳と同じくらい綺麗な青い羽をしていたのよ」

ふと侍女は、懐かしむように目を伏せた主人の手を取ると、一点の曇りのない綺麗な青い瞳で見つめ返した。

アンヌマリーは、その瞳に我知らず魅入った後、こう言った。

「ねえ、私たちお友達になりましょう」

リリアンヌは口は利けぬが、他になく従順な召使だった。侍女としての腕も申し分なかったし、どこへ行くにもアンヌマリーに付き従う姿は、まるで母鳥にくっつく雛のようだった。

その日、婚約者を交えた晩餐会が執り行われる予定だった。

きらびやかな鏡台の前で、リリアンヌは主人を着飾らせたが、アンヌマリーはいつになく物憂げだった。リリアンヌは健気にも、主人の気持ちを晴らそうと、ピアノの前に立った。指先で、ぽんと鍵盤に触れる。それは、ラの音だ。

「なあに？　ふふ、そういえばここのところ弾いていなかったわね」

アンヌマリーは慣れ親しんだ古いピアノを弾いた。それは、これまでリリアンヌが聴いたことがない曲だった。ショパンの別れの曲。美しい旋律に、リリアンヌの胸は静かにざわめいた。

豪奢な晩餐会は無事に終わった。来客は、余韻を楽しむように談話室やバルコニーに残っていた。勝手の違う忙しさの中でリリアンヌはアンヌマリーの姿が見えないことに気が付いた。階段をあがり主人の自室へと向かう。

アンヌマリーの部屋はわずかに扉が開いていた。中から、喋り声が漏れ聞こえる。

「まあ、いけないわ」

「なぜ」

「なぜって、そんな」

普段とは違う声色に、胸が騒いで、リリアンヌはいけないと思いながらも、扉の隙間をのぞいた。部屋では、アンヌマリーが婚約者の腕の中にいた。アンヌマリーは物言わんと口を開きかけたようだが、婚約者の指先がそれを遮った。会話はもうなかった。

それ以上見ていることが出来なくて、リリアンヌは目を伏せ、身を引いた。

慌てていて、服の裾がそばの置物にひっかかった。力任せに引っ張ると、簡単に破れてしまった。それは髪と瞳の色に合うようにアンヌマリーが選んでくれたものだった。人目を避けるようにと、リリアンヌはいつの間にか誰もいない裏庭へと来ていた。胸の奥が、張り裂けんばかりだった。リリアンヌはアンヌマリーと一緒にいることが嬉しくて考えもしなかったのだ。人の姿に成り代わろうと、アンヌマリーとずっと一緒にいられないということ。自分は本当はひとりぼっちだということに。青い胸が苦しくて、リリアンヌははじめて声をあげて鳴いた。

いく度目かの秋が来た。アンヌマリーが嫁いで行ってしまった後、リリアンヌはお屋敷を出た。働き口のあてもなく、彼女は一軒のカフェーに立ち寄った。リリアンヌの珍しい青い髪と瞳を見た店主は、客引きにでもしようかと彼女を雇い入れた。カフェーにはピアノがあった。夜になると、カフェーにはお酒と煙草の香りの中でシャンソンやクラシックを楽しむ客で賑わった。リリアンヌはカフェーで、どんな客の口説きにも落ちないと噂だった。今夜もひとりのピアニストが、彼女に声をかけた。

「では、私のために弾いてくださる？」

リリアンヌはピアノの音色を伴奏に、歌った。その歌声は下町のカフェーには似合わず、透き通っていた。青い歌声に、客は魅了された。毛色の違う容姿も手伝って、リリアンヌは瞬く間に有名になった。誰もが彼女を青い歌声のリリーと呼んだ。

薔薇の花束。流行りの香水。趣向をこらした愛のメッセージ。様々な贈り物が毎夜、リリアンヌのもとに届いた。このところ通い詰めている若い将校が、どこぞの貴族から贈られた青い宝石を、指の先でつまらなさそうに弄んでいるリリアンヌに尋ねた。

「きみの心はどうしたら晴れる？　きみはいつも寂しそうだ」

そんなこと、リリアンヌにさえ分からないことだった。

けれどいつの日か破れ裂けてしまった服の裾のように、永遠に塞ぐことの出来ぬように思える傷がいつまでもうずいているのだ。

将校との別れの日。リリアンヌは一度だけ聴いたことのある曲に歌詞をつけ歌った。将校はリリアンヌの手にキスをした。リリアンヌはお返しに頬にキスをと歩み寄った。将校と、つかの間足元が宙に浮いたかと思うと、力強い腕に抱きすくめられていた。将校は、耳元で愛を誓った。

「戦地から戻ったら、結婚してくれるね」

リリアンヌは熱い胸の中で、静かに青い瞳を閉じた。

「ええ、いいわ」

戦争は、激しさを増した。町からは、あらゆるものが消えていった。カフェーからはピアノが消えた。お酒も食糧もまともに手に入らず、めっきり客足の減ったカフェーのかわりに、リリアンヌは職を渡り歩いた。工場、教会、人手のない病院、どこでも働いた。食事が野菜の切れ端だけの時もあった。暖もろくに取れず、冬は凍えた。それでも戦地の過激さを思えば、幸いは数しれなかった。

将校からは一度手紙が届いた。来月から前線に赴くという内容だった。それからは新聞の戦死者名簿に、目を配る日々が続いた。

長く辛いだけの戦争が終わった。町は少しずつかつての賑わいを取り戻しつつあった。駅の構内の雑踏に紛れて、待ちくたびれた青い髪を見つけた時、将校は喜びと安堵の中でその腕をとった。ふり向いた懐かしい瞳がまるで幽霊でも見たように見開かれた。リリアンヌは、青い瞳に涙をためて、愛しい人の無事をその温もりの中で感謝した。

時が流れた。サロンから、子どもたちの明るい歌声が響いてくる。

「そう、上手ね」

リリアンヌは子どもを授からなかったかわりにピアノを習い、自宅で歌を教えていた。

呼び鈴がなり、新しい生徒がやってきた。白いレースの髪飾りをつけた女の子は、ピアノを達者に弾いた。

「ママに習ったの」

それから恥ずかしそうに付け加えた。

「でも、歌はちょっぴり下手っぴなの」

「まあ」

「ママが、わたしの小鳥のようって笑うのよ」

その時、部屋の外で夫と挨拶を交わしていた美しい婦人がこちらへと気づいた。

その表情が、驚きから、眩しいものを見るように優しく和らいでいく様を、リリアンヌは息も出来ずに見守った。

アンヌマリーとリリアンヌは見つめ合った。そして、昔と変わらぬ音色がささやいた。

「リリー」

幸福が、溢れた。

鳩を殺した乞食

乞食の少年が、鳩飼いに拾われた。

鳩飼いの老父は、百羽の白い白い鳩を飼っていた。

「商売さ。うだつのあがらない手品師どもが凝りもせずに買いに来るのさ」

粗末な寝床と食事のかわりに、鳩飼いは乞食に、ふ化のしかたから、餌の与え方、糞の清掃、極め付きに鳩がうまく飛べぬよう骨の折り方を教えた。

乞食は頭がよくなかったから、物事の残忍性など思いつかなかった。


乞食は、百羽の鳩に名をつけなかった。

それでも、瞳の丸さ、尾の長さ、爪の曲がりで彼には見分けがついた。

毎日、どこの下町からか、布のかぶった鳥籠をふたつみっつぶらさげて客がきた。客は、必ず尋ねた。

「どいつがよく仕込めるね？」

鳩飼いは目も口も、驚くほど弓なりにほそめて、指さすのだった。

「どうぞ、どれでも」


その日、まだ朝も明けきらぬうちから、乞食は目が覚めた。

麻布一枚ひいただけの寝床に、うっすら光る二本の足が立っていた。

乞食は、声なく飛び起きた。

後ずさろうとして、クルっと、黒目がちの瞳と目があった。

背の低い少女は、上も下も裸のままで、首をかしげていた。

「どうか、殺さないで」

薄い胸の前で、手を結んで、少女はそう懇願した。

乞食はわけがわからなかった。

「殺すもんか」

震えながら、そう返すだけで、精いっぱいだった。

少女はなおも、ゆっくり乞食に詰め寄った。

「いいえ、あなたはわたしを殺すのよ。姉さんや兄さんたちもそうしたように」

「なんだって」

しかし、その驚きはもう声にはならなかった。

乞食の垢に汚れた両頰に、ひんやりとした指先がかかった。その指が、乞食の幼い喉元へと下り、冷たく力をこめた。

「ねえ、お願いよ。殺さないで」

そう、か細く頼まれても、乞食はもうろくに息も出来ぬままに、やがて意識が遠のくのを覚えた。

とんと気絶する前に、乞食は脳裏に白い広がりを感じた。

その広がりは、彼と彼のすべてを包んだ。

それから、忘れたように月日がいくらか経った。

「どれがよく仕込めるね？」

客が、渋い顔で似通った面子を前に品定めをする様を、鳩飼いは相変わらず薄く笑って眺めていた。

「どうぞ、どれでも」

次第にしびれを切らして、端から籠に詰めこんでいく客を見送ってから、鳩飼いはやれやれと乞食に店じまいを言いつけた。

店には百羽の鳩と乞食だけになった。

もう脚立がなくとも、手の届く棚の糞をはきながら、乞食はちらりと視線を感じた。

黒目がちの瞳が、こちらを見ていた。睨んでいたのかもしれない。

乞食は今では知っている。

暇を出された日の午後に、こっそり客のあとをつけた。

乞食がひとり、だれかのあとをつけたって、こんな町じゃあそんなこと日常茶飯事だ。

鳩を買った客は、なるほど、手品師のようだった。

乞食は窓辺から、事の成り行きを、日が暮れるまで見ていた。

手品師は、仲間とともに、新しい商売道具を試しているようだった。

見せ場の確認のために、鳩が、鳥籠から何やら仰々しい箱に移された。まだ手品師たちに仕込まれてもいない鳩は、ぱたぱたと不格好に羽ばたいた。飛び立つことはできないと乞食にもわかっていた。彼は、どんな風に骨を折ったのか、ちゃんと覚えている。

それからは、息をのむ間もなかった。

乞食は、窓辺で手品のからくりを見た。

そして唐突に思い至った。いつぞやの夢か幻で、「殺さないで」と懇願された、そのわけに。

鳥籠は空のままで、「タネ」を隠した仰々しい箱は、したたかに血に濡れていた。

夜も更け。

白い二本の足が寝床にたった。

乞食は、今度こそ、起きていた。

「あなたは、わたしを殺すのね」

彼女は、随分、背が伸びていた。

乞食は、身を横たえたまま、何も答えなかった。

冷たい指先が喉元をかすめた。

と、彼は、その細い腕をとって、彼女を寝床へと沈めた。

黒目がちの少女は、相変わらず、裸だった。

その瞳は、驚きに見開かれたが、すぐに憤怒の色に変わった。

乞食は、相変わらず、馬鹿だったので、自らの恥と罪に対してなすべきことがわからなかった。けれど、自身よりひ弱い物を、手中におさめてみたのちに、その胸に広がったのは、いつか意識の果てに垣間見た、白い広がりではなかった。

乞食は、苦い気持ちで寝床を離れた。

それから、もとより何ももってなどいないが、粗末な身支度をととのえて、日のあけるのも待たずに、店を出ていくつもりだった。

「どこへいくの」

言い訳もしない背にかかる声は、何かをなじっているようだった。

「裏切者」

と、少女は、裸のままで、ののしった。

「あなたが殺さずとも、ほかのだれかがわたしを殺すのよ。それでもいいのね」

遠くの空が、白じんできた。

朝がくれば、客が来る。少女は今日こそ、買われていくかもしれない。

乞食は、踵をかえした。

少女は震えていたが、その肌はもう冷たくはなかった。

「ねぇ、ふたりでどこかへ逃げましょう。ふたりなら、どこへでも飛んでいけるわ」

彼女は、関節のすこしばかり曲がった足を、乞食のそれにからめた。

乞食は、どうしてよいか、わからなかった。おのれに自由を夢見る権利などあるものか。

「ねぇ、あなた」

不安げな声を抱きしめたまま、朝がきた。


棚の上で、黒目がちな瞳が揺れている。

乞食に何が出来ただろう。

彼には、名などなくとも百羽の鳩の区別がついた。

その客は、迷いもせずに、新しい商売道具を選んだ。

乞食は、目を伏せたまま、そっと裏口から店を出た。

うらぶれた成りの乞食がふらふらと、あてもなく町を歩いてたって、だれも気にしない。

それから、橋のたもとに行きついて、乞食はあっさり身を投げた。


橋の上を、馬車が通る。

「今日はこれから、手品ショーだ。今日こそタネを見破ってやるぞ。あ、汚ったないな」

「投げておやり」

母親の言いつけ通り、子どもたちは、馬車の小窓から、物乞いにオハジキを投げた。目にあたった痛みもそっちのけに、物乞いは片目をさすりながらにんまりと路上を手探った。

橋の下を、黒い川は流れていく。

愚かさと誠実さは、だれにもはかれない

にんげん

われてしまったつちくれに
しずくがぬれてながれていきました

つきひがたてど
もうにどど
つちくれはうつわにもどらず
しずくはそらにかえらず

きょうもまた
われてしまったつちくれに
しずくがぬれてながれていきました

いつのひか
つちくれがつちにかえるのか

しずくがそらにきえるのか
わたしにはわかりませんが
ふっと　とおりがかっただれかが
そのつちくれとしずくに
あいとなをつけていきました

王のしるし

二百年もの長きにわたって、その国では戦争はおこらなかった。

先の王が、老衰でこの世を去ってまだまもなく、平和な国の王は、若く、そして無力だった。

隣国から、和平の証にと日々様々な贈り物が献上された。その中に、美しく歌う黄色いカナリアがあった。

若い王は黄色いカナリアをいたく気に入って、金の鳥籠に入れて吊るした。

カナリアは寵愛に報いるように、美しい歌声を王のお気に召すままに聴かせた。

王は、カナリアをどこへでも連れていった。逃げぬようにと、鳥籠の鍵はしっかりかけた。病気になっていないか、餌には満足しているか、喉が嗄れはしてないか、王はカナリアに目をかけ、財は惜しみなく使われた。

一月ほどたったある朝、王は青ざめ、寝巻のまま臣下の者を呼んだ。

無残にも鳥籠が壊され、羽が散乱した床に、黄色いカナリアは冷たくなっていた。

王は怒り狂って、命じた。

「どれほどかかってもかまわない。罪人を探し出すのだ」

国は平和だったので、余った人手は総動員された。五日ほどして、城の地下の独房から、一人の男が鎖を付けられ、王の前に引きずり出された。臣下の一人が誇らし気に言った。

「城に侵入した疑いで捕まっておりました者が、自ら、この度の罪を告白いたしました」

王は、罪人の顔を見て、はっとした。覚えのある顔は王室お抱えの仕立屋の男だった。年はいっているが、腕が一等良く、つい二月ほど前にも式典用の豪華なマントに煌びやかな刺繍を施してもらったばかりだ。

この者が、なぜ。

「この者と二人だけにしろ」

臣下の者たちはどよめいた。

「しかし、王」

王はそれらの忠告を手で制した。

「これほど縛り上げられていては、どのような悪党であれすぐには手も足も出ん。問題があれば、すぐに呼ぶ。」

部屋には、王と罪人だけになった。

「なぜ、このようなことをした」

王は、跪き口輪を外してやった。仕立屋は実直そうな目をして、しかし自由になった口の端に意味ありげな笑みを浮かべて言った。

「王よ、貴方は本当に、この私が鳥を殺したとお思いか」

立ち上がった王は鋭い瞳を見下して言った。

「我にそんな気安い物言いをするでない。我の質問にだけ答えよ。我の言い添えで、そなたを死刑台に送ることもかなわんのだぞ」

ちゃりちゃりと仕立屋が身動きすれば、鎖が理不尽そうに鳴った。

「さあ、なぜ、このようなことをした。答えよ」

仕立屋は不自由に縛られたまま、腹を据えたように、喋りだした。

「あの日式典用の金色と銀色の刺繍を入れ終え、気づきました。私は朱色の糸を忘れたのです。しかし、王よ貴方は満足していた。これで十分だと。私は、不満だった。私が描いた完成形とはほど遠い。それから、皆が寝静まった後で幾度か城に忍び込みました。王よ、貴方はよく御休みになられていた。カナリアだけが私を見ていた」

「それで、カナリアを手にかけたと？」

急く王を、仕立屋は冷たい瞳であしらった。

「いいえ、私はそのようなことを致しません。ただ、マントが仕上がった日、私は見惚れて、お暇するのが遅れた。王はいつになくお早く目覚められた。私は焦って、物陰に隠れた。そうして見ました」

仕立屋は、ふっと目を伏せた。もどかしくも恐ろしい沈黙に、王はものが言えなかった。仕立屋は、うつ向いたまま口を開いた。

「あなたが、カナリアの首を捻り上げていた」

すっと、仕立屋は王の様子を盗み見上げていた。王の顔からは血の気が失せ、無様にも開いた口が塞がらないようだった。仕立屋は畳みかけるように言った。

「王よ。貴方は憎かったのだ。疎ましかったのだ。貴方が愛した黄色いカナリアが」

「そんな馬鹿な・・・カナリアは私の為に歌ってくれた。可愛がる私の為だけに歌ってくれた」

「そして、その歌は貴方をもっと孤独にした。平和な国の王よ、貴方はもっと皆から必要とされたかったのだ」

その時、立ち上がった仕立屋から腕を縛っていた鎖が落ちた。仕立屋の手には曲がった針が握られていた。王はたじろいだ。仕立屋は恐れ多くも一歩近づいた。

王は金縛りにかかったように、なすがままだった。

「城に忍び込んだ罰は受けましょう。王よ、貴方はもっと強くあられるべきだ。私の縫い上げた衣装の数々にふさわしいだけの」

仕立屋は、十四日間、牢につながれたのち、街へと戻った。

王は、からになった鳥籠を見つめていた。

式典が執り行われる日の朝、未だ身づくろいもととのわぬうちに城内に伝令が轟いた。

「東の国との国境が破られました」

寝耳に水だった。その事態に、誰もかれもが、王の命を待った。

王の肩から祝いの為の衣が滑り落ちた。そして、王は見た。

仕立屋が完璧だといった、マントの刺繍の端で朱色の糸が切れていた。

戦争がはじまった。それはいとも簡単に。平和な国の誰が予想したことだろう。

女たちが縫った衣のかわりに、いかつい鎧を身に纏い、男たちは戦地へ赴いた。

王は、執務室で、混迷する優秀な官僚らと共に、指令を出すだけで精一杯だった。

戦地の現状が、口で、書面で、伝えられても、その悲惨さは想像しがたかった。

日に日に、劣勢に傾いていくなか、恐ろしくも救いの一言が降り注いだ。

「敵国に、爆弾を落とすのです」

それは、平和な国が財をかけ秘密裏に造っていた、一国を滅することができるほどの殺人兵器だった。


その頃、仕立屋は戦地で、けが人の傷口を縫った。その美しい腕さばきは、数えきれないほどの人々を救った。けれど、仕立屋の頭の中では、いつも完璧な衣装の図案が浮かんでは形を与えられずに消えていくのだった。

金、銀、藍、朱鷺、紫、銅・・・

幼き頃からの、色とりどりの夢想。

その実現の為だけに、自分は、王室お抱えの仕立屋にまで上り詰めたのだ。

仕立屋は、消毒し終えた注射針を神経質に並べていた。

その時、激しい雨粒手のような銃声が野戦病院に鳴り響いた。

すべてが、朱く朱く染まった。

国が、大地が、空が、愛すべき歌声を忘れた。

やがて、不毛な戦争は、終わりを告げた。

兵士らは帰ってきた。冷たい墓の下へ。そして、虹のかかる丘の上に、慰霊碑が建てられた。鎮魂の涙と悲哀が、黒いヴェールのように国を覆った。

そんな中、希望の兆しのように、王妃が懐妊した。

十月十日は無事に過ぎ、玉のような王子が生まれた。

早速、いまだ混乱する国中で、一等腕のある仕立屋が探された。

王は、その者の顔を見て、つかの間、言葉を失った。

仕立屋の娘は、青白い顔をして鋭い目元がそっくりだった。

娘は、父にも劣らぬ腕で、王子の誕生祝に美しいおくるみを縫い上げた。

彼女は、戦地に旅発つ恋人が帰郷の約束に結んでくれた、髪留めをほぐして、糸に混ぜた。

賢く、健やかに、のびやかに、育ちますように。

復興への象徴のように、国中で祝いと祈りがあげられた。

やがて、時が経ち、小さくなった衣装の数々が忘れられるように衣装棚にしまわれた後でも、糸は永遠に切れなかった。永遠に。

丘の上の壊れたラジオ

修理工の青年のもとに、壊れたラジオが持ち込まれました。それは、あんまりオンボロ過ぎて、親方が匙をなげた代物でした。持ち主は修理代が高くつくと知ると、さして思い入れもなかったのかあっさり手放したのです。それを、タダで捨てるには惜しいと思った親方が、この際、若い衆に勉強させてやるのもいい機会だと、腕のいい一人に「分解してみろ」と言いつけたのです。けれど、青年は、ラジオを一目見るなり、目の色を変えて答えました。

「いいえ、直します」

「替えの部品が手に入らん」

「直して見せます」

取り合わない親方に、食い下がる弟子。とうとう年季物のラジオは青年のものになりました。というのも、この青年は早くに両親を亡くし、ひとりぼっちで暮らしていましたから、夜、こんな素敵なラジオが部屋にあれば、寂しくあれど、ちょっとした退屈しのぎにはなると思ったのです。それにまた、ところどころ塗装がはげかかっているとはいえ、珍しい丸いフォルムも愛らしく、青年の気に入りました。

さっそく、慣れた手つきでネジを回し、裏蓋をとると、なるほど、親方の言う通り、見慣れぬコードが焼け切れています。部品製造センターに問い合わせると、電話の向こうから、半ば感心した口ぶりが返ってきました。

「そいつは十年も前の型ですね。もうどこも替えの部品は作ってませんよ。そのラジオはね、当時にしては恐ろしく性能がいいっていうんで、一時期大流行したんです。月面の音まで拾えるなんて、誇大広告が出たりして。結局問題がみつかって数ヶ月で製造中止されちゃったんですけどね」

残念ですが、部品がないなら、一から作り直すしかありません。青年は、とっかえひっかえ組み立てなおしてみましたが、ラジオはうんともすんとも言いません。

すっかり遅くなりました。家への道すがら、青年がなんだか恋した子にふられた気分で歩いていますと、すぐ側の闇間から、咳払いが聞こえました。喉がイガイガする人がやるような。振り向けど、誰もいません。青年はラジオを抱きかかえてあとずさりました。すると今度は、腹をすかせた犬がねだるような、キュウンと高い声がしました。ラジオから、鳴っているのだ、と青年はひらめきました。ラジオが自らチューニングを合わせているようなのです。まるで導かれるように、青年は丘に登っていきました。丘の上には、大きな月が浮かんでいました。青年は、夜空にむかってアンテナを伸ばし、星でも釣るかのようにその棒先を上下左右に静かに揺らしました。

やがてとぎれとぎれの音は、雨粒が繋がるように美しいメロディーとなって流れていきました。それは歌声でした。女の人が歌っています。どこの国の言葉かも分かりませんでしたけれども、ふと、青年にはその歌が子守歌なのだと知れました。その歌声は、なんだかとても胸に染みいるように懐かしかったのです。ひとは、みぃんなひとりぼっち。ふいに、そんなことを思って、青年は泣きたくなりました。世界にはひとりぼっちな人がたくさんいることでしょう。せめて、寂しい夜には慰めのように優しい音楽があるべきなのです。

翌日、青年は丘の上のラジオを綺麗に塗装しなおすと、その周りに柵をたて、屋根をかぶせ、スピーカーを取り付けました。そうして側に、「寂しい夜に」と書いた立て札を指しました。

さて、青年の部屋の窓からは、丘が見えました。月の輝く夜、壊れたままのラジオは気まぐれに遙か彼方から受信しては、時にジャズマンのトランペット演奏や、しゃがれたシャンソン歌手の歌声を聞かせてくれるのでした。そんな時に、必ず、丘には誰とも知れぬ人影が佇んでいるのでした。青年は相変わらずひとりぼっちでしたが、ここではないまだ見ぬ生活に想いを馳せながら眠りにつきました。

青年はそれからも毎日仕事に励み、やがて丘より故郷を見下ろし「これでお別れだね」と言いました。コツコツとためたお金で、とうとう町を出て行くことにしたのです。「ここより大きな町へ行って、腕を試すんだ。そこでは美味しい料理も、気の合う友達もあるだろうさ。それから、可愛い女の子とダンスを踊って、暖かな部屋で眠るんだ」お別れに、青年はラジオの柵の周りに薔薇の苗を植えました。世話も受けず、薔薇は立派に育つかしら。空には、白くかすれた月が浮かんでいます。

青年は不安な心とわずかな希望を引き連れて、朝一番の列車で旅立っていきました。

＊

夜のふけた空に、大きく丸い月がありました。月は、時々、丘を下って幸福を探しに行った青年のことを考えました。夜ごとに聞き惚れた音楽の調べを思い出しながら、それは、ずいぶん昔のことのように思えるのでした。町にも、次第に人が増えていきました。あちこちで道路が交差し、車がガスを吐き、そこここにネオンが灯りました。夜がふけても、皆が寄り集まれるお店も出来ました。そこでは、流行りの曲がコーヒー一杯カクテル一杯で朝まで聴けました。もう誰も寂しい夜に一人で丘に登ることはありません。ラジオは伸び果てた薔薇の蔓の影で、ひっそりと忘れられ朽ちていきました。

＊

駅舎に到着した列車から、さっぱりとした身なりの男の人が降りたちました。

修理工の青年が、町に戻ってきたのです。彼の傍らには彼の妻とその腕には小さな女の子が眠っていました。修理工は町に自分の店を持ち、家族のために、丘のふもとに土地を買い家を建てました。そして、昔を懐かしむように丘の上の朽ちた柵を取り外し、薔薇の剪定をし、新しい苗を植えました。幸福と呼べる日々が過ぎ、女の子は大きくなりました。今では、丘は薔薇の丘と呼ばれるようになり、観光客までくるほどに美しくにぎやかになりました。町には立派な学校ができ、女の子は友達と連れ立って、綺麗に舗装された道を、七色の味がするアイスクリームを舐めながら、帰るのでした。町中を歩けば、昼となく夜となくどの店からも、音楽が流れてきます。どの歌手のどの曲が好きなのか、皆が競うように音楽を聴き、おしゃべりに花が咲きました。けれど時折、女の子のすらりと伸びた足を止め、頭をかすめる思いがありました。どんな音楽を聴いても、埋められない心の隙間はなんでしょうか。友達がいて、両親がいて、日々の為の音楽があって、食べ、学び、遊び、眠り、幸せとはなんであるか知っているはずなのに、どうしてふいにひとりぼっちなどど思うのでしょうか。言い知れぬ寂しさに襲われて、女の子は、月のない夜に、ひとりぼっちで泣きました。

生きているって何でしょうか。

次の日、女の子は丘に登りました。人に会いたくない時にはちょうどいいのです。大きな温室まで出来たバラ園は定休日で、世界中の品種のバラが咲き誇る園内はひっそりと静まりかえっている、はずでした。

クルクルクル　どこからか、鳥の鳴き声のような音がします。キュルル　キュウ

むせかえるような香りの中を進むと、年取った薔薇の株の根元に、半分ほど土を被った

機械がありました。どうやら旧式のラジオのようでした。何度も通っているのに、こんなものが埋まっているなんて知りませんでした。掘り起こし、土を払い、さび付いたアンテナを折れないように伸ばしたり、傾けたり、しかし、音は入りません。女の子はラジオを家に持ち帰ろうか悩みました。父さんならば、どんなガラクタでも直せるでしょうから。それに塗装は剝げていますけど、なんだかかわいらしい形をしています。ふいに風が出て、曲がりくねるように伸びた古株に一輪だけ咲いていた薔薇の花が、その上に散りました。カチっと、何かがはまる音がしました。ザーザーと砂嵐の向こうから、やがてチューニングが合いました。

赤ん坊が泣いています。必死にあやす母親の声も震えています。それでも、赤ん坊は泣き止みません。

「泣き止まないなら、殺してしまえ」

情け容赦のない言葉で責め立てる男の人の声がします。

そこは皆が粗末な着物をきて、頭巾をかぶり、ある者は裸足で、地面に穴を掘っただけの狭く薄暗い防空壕の中でした。

「ここが見つかったら、おしまいなんだぞ」

男の人の背後で誰かが、そうだ、出ていけと言いました。隅に身を寄せたおとなもこどもも押し黙ったまま、憎々しそうに親子を見つめています。

銃弾を積んだ戦闘機の低く恐ろしいエンジン音がしてはこないか。鉄砲をさげた敵の兵隊の足音が、草を分け、ここを見つけにこないだろうか。誰の心にも恐怖が満ちていました。赤ん坊はさらに泣きだしました。母親が隠すように胸に抱きよせても、泣き止みません。

「さあ、その子をよこせ」

男の人の手が赤ん坊にかかったその時、見つかったぞと叫び声があがり、母親の悲鳴をかき消すように、あたりに銃声が響き渡りました。

チャンネルがひとりでに切り替わりました。

八月の暑い日の朝も早く、人々が一日の用事にとりかかり始めた音がします。朝餉の支度をしている音。荷を運ぶ車輪の音。庭先で水を撒く音。友達と登校する足音。電車の走り出した音。犬が鳴く音、叱る音。今しがたあくびをついた音。

つかの間、時が止まったようにすべての音が止みました。そしてピカっと、強烈な光があたりを覆い、ドンと、すさまじい衝撃と熱風と共に、街に原子爆弾が投下されました。その、人間が造った恐ろしい兵器は、一瞬で十四万人もの命を奪いました。

崩れ果て、炎に包まれた街中を、爆弾の熱で顔の肉はそげ、髪は焼けこげ、体中の皮膚がただれ、苦しみうめく人々が、行き場を失ったまま彷徨っています。そのはてない哀しみの声が、こだまのように、繰り返し、繰り返し、いつまでも届いてきます。
クルシイ、クルシイ、タスケテ、オカアサン　オトウサン
イタイ、アツイ、ノドガカワイタ、ミズヲ・・ミズヲクダサイ
クルシイ　ナゼ、ニンゲンハ、コンナコトヲスルノ

突然、放送が切れました。今度こそ、ラジオは本当に壊れ切ってしまったようでした。辺りは、真っ暗です。細い月が、それでも柔らかい光をさしています。いつの間にか、膝を抱えていた女の子は立ち上がると、薔薇園を抜け、丘を駆け下りました。何度か転びそうになりながらも、胸がいっぱいで、どうしたって駆けずにはいられなかったのです。

町には、音楽があふれています。楽しげなおしゃべりも、たわいもない噂話も目をそむけたい出来事も、あふれています。あれから、女の子は何度か薔薇園を訪れましたが、壊れたラジオを見つけることはできませんでした。掘り起こしてしまったので、捨てられてしまったのかもしれません。けれどそんなことも、日々の忙しさや楽しさに、いつしか忘れてしまいました。

春が来て、夏が巡り、秋が過ぎ、冬が去り、そして、なんどめかの春がきました。大学を出て、女の子はもう立派な大人になりました。部品工場の会社に勤めはじめ、毎日毎日、いっしょくたに放りこまれ、もみ洗われた洗濯物のようにくたくたです。大学時代か

らの恋人とも、互いに忙しくしばらく会えない日々が続いています。

彼女のアパートは、丘に続くなだらかな坂の途中にありました。出来合いのお弁当の入った袋を揺らしながら、ふと訳もない切なさを感じて、彼女は夜空を見上げました。星は見えないけれど、雲の向こうに満月が輝いています。いつかは思い出せないけれど、こんな風にひとり空を見上げた夜がもういく度、あったことでしょう。

誰といても誰とほほえみあっていても、人はいつまでたっても、やっぱりひとりぼっちです。悲しみも喜びも不安も、何もかも、どんな言葉で伝えてみても本当の意味では分かち合えないのかもしれません。人の強さと弱さを知ってさえなお、どうして、人はいつまでも寂しい想いをするのでしょう。自分の足で立って歩く世の中は、辛いことに満ちているような気さえします。

幸福って何でしょうか。

彼女はアパートの前に人影を感じて、びくりとしました。けれど、街灯に照らされた姿が恋人のものだと知れると、胸をなでおろし駆け寄りました。喜びもつかの間、その顔を見て、彼女の顔もなんとなく曇りました。彼は、連絡もせずに夜も遅く、会いに来た理由を告げました。彼の故郷が地震で被災したこと。母親が巻き込まれたこと。その容態があまり思わしくないこと。二、三日仕事を休んで、出来るなら今夜最後の便で、実家に戻ってくるということ。黙って話を聞き終えた彼女は、恋人の憂いを払いたくて、くたびれた上着に腕をまわしました。彼女が震えているのをみてとって、彼は言葉もなく彼女をいつも以上にやさしく抱き返してあげました。どれほど、そうしていたでしょう。どんな温もりの中にあれど、胸のうちに静かな波のように押しては返す不安な想いも何もかも、少しも減ってはいきません。どうしたら、私たちは、もっとずっと強くなれるでしょう。次に連絡を取り合う約束をして、彼は部屋にも寄らずに、帰っていきました。窓から、月が見ていました。どんな夜も、あければ明日が待っています。彼女はひとり小さな机の上で、すっかり冷えたおかずを食べ、きちんと湯舟につかり、歯を磨き、明日の仕事の為の準備を終えてから、ベッドに入りました。そうして、瞳をとじて、眠りにつく前に、大切な人の無事を祈り、たくさんの人が幸せであればいいのにと願いました。その想いは、夢の中で、薔薇の上を吹く風よりも、美しい音色で吹き渡っていきました。

この世が美しいわけを

花冠はだれが作ってくれたっけ
いっちょうまえのべべを着て野辺をかける
追いかけているのは蝶々じゃないわ

バービー人形にはケンがいる　あたりまえなことを言わないで
ヒロインごっこがしたいなら　だれともかぶっちゃいけないの

制服のリボンが結べるようになったなら
もっと賢くなれると思ってた
姦しいだけの根も葉もない噂話にだって、けれど生贄は必要なのよ
それで、だれがあの子にキスしたの？

おどけてふざけてなぐさめあって　敵でも味方でもなく
好き嫌いばかりが激しくて　だれにも知られちゃいけないことも

けれど少女らだけは知っている
「だれにもヒミツよ」
なんて言っていることは本当の秘密じゃないわ
おばかさん
噂話は得意でも、わたしたちって口が堅いもの

ねえ、知ってた
あなたが恋する前から　わたしはあなたに恋してた
嘘じゃない　黙ってたんじゃないわ
わたしが夢を見たから　貴方はわたしにキスできたのよ
あの日から、この世は夢のように輝いているの

この世が美しいわけは、ひとりの少女が恋しているからです

月下の鎮魂歌

結婚式から十日目に愛しい人は灰と骨になりました。

若くして未亡人になった娘は、二人で住むはずだった家の庭に、かの人の骨を埋め、優しく灰をかぶせました。涸れ果てたはずの涙がその上に、ぽたりと染みこんでいきました。するとあくる朝、埋めた場所から芽が生えて、花のかわりに、見覚えのある右手が咲きました。娘は嬉しくなって、その手のひらにキスをしました。するとどうでしょう。水気を失った花のように、右手はしおれていきました。

娘は諦めきれず、もう一度、骨を埋めました。今度は左右の鎖骨でした。けれどやっぱり、娘のからだが触れると、瞬く間に枯れ朽ちて、ただの土くれに還るのでした。娘は、おいおい泣きました。おいおい泣きながら、硝子屋に電話をしました。

硝子屋は娘の希望通り、特注の硝子ケースを作ってくれました。人一人入れるようなその硝子ケースの中で、娘は、大事に骨と灰とを育てました。

月がまたたく夜も更け、薄く、かさつきがちな唇に娘はやわらかな唇を寄せました。ひんやりとした感触へ、もっとという風に、娘は唇を押しつけます。硝子ケースの向こうから、彼の指が伸びてきました。娘は、足を絡め、身を捩らせ、唇の端を噛みました。木々の梢が闇の中でさわさわと鳴りました。たった今、娘を見ているのは、優しくうつろな瞳だけ。誰も知らない庭先で、娘は身を震わせました。

こんな夜がもう幾日続いていることでしょう。

娘はそっとまだ火照ったからだで、冷たい硝子にもたれました。

濃いふくらはぎが、たくましい二の腕が、背骨の見えそうな広い背中が、月下に咲いています。そうして、娘はひとりぼっちで、さめざめと泣きました。

ある日、流浪の楽師だという青年が、一夜の宿を借りんと訪ねてきました。青年は泣きはらしたあとのある娘が未亡人だと知れるとすぐに立ち去ろうとしましたが、

「待って」

娘は、彼を引きとめました。

「どうぞ、泊まっていってください。私、今夜は部屋にいませんから」

娘の物言いも妙に気にかかって、しまいに彼は部屋を借りました。

その日の夜遅く、なかなか寝つけぬ青年はふと窓から見下ろした庭先で、娘の秘密を知りました。闇夜に響く娘の押し殺した声が、少年だった在りし日の記憶を呼び覚ましました。それは父の寝室でした。あけたばかりの喪服を脱いで、母が父の名を呼んでいます。暗がりで、狂おしく身を震わせる白いからだのその白さが、戸口の隙間より目に焼き付きました。

青年になってからなお幾度、ベッドの上で母の名を呼んだことでしょう。青年は我が身の恥がいたたまれなくて、流浪の身となり、故郷と母とを捨てたのです。

届かぬ者への想いを募らせる娘の姿が、母とそして自分と重なり合いました。

青年はそっと部屋を抜け出しました。

突然、庭先に現れた彼を見て、娘は短く叫びました。

「待って」

今度は彼が娘を呼び止めました。そして、逃げる娘を抱き上げると、奪うように娘の肩口に唇を寄せました。娘は振り解くことも叶わぬまま、青年を受け入れました。その熱さは娘の傷口にぴったりと収まった気がしました。ふと、娘は顔を上げました。優しくうつろな瞳がいつになく、ぬらぬら燃えているように見えました。とその瞬間、いっそう青年の力強さが増しました。娘は己の指を嚙みました。その指をそっと引き抜かせて、青年は娘へ頼みました。

「さあ、歌って。これは死者への鎮魂歌なんです」

風が庭の木々を揺らします。誰も知らない庭先で、楽師と娘は悲しき愛を奏でました。

朝が来ました。寄り添い眠る二人の傍で、硝子ケースに咲いた花はすべて枯れていました。遠くの丘から、美しいメロディーが聞こえてきます。花嫁を乗せたお輿がにぎやかしい楽団を連れて、どこぞの街へと下っていくのでした。

泡にならなかった人魚

人魚の歌声は、漁師や商人を惑わした。

嵐の夜に、難破した船から救い上げた男どもを得意の歌声で骨抜きにしたあと、ゆっくりとその肉と血を味わった。

時には、食事の前に、軽くおしゃべりもした。命乞いをする男には、気まぐれにその美しいからだに触れさせてやった。

人魚の歌声に、聞き惚れぬ男などいなかった。この世のものとは思えぬ美声を聞かせ虜にしたほど、尾びれの鱗は美しく輝く。それが人魚たちの間でのステータスだった。けれど、どうしてだろう。人魚はこの頃、妙に胸がむなしくなる夜があった。

「まさか、人間になりたいなんて言わないだろうね」

魔女は、鍋の中を注意深くかき混ぜながら、眉間に皺をよせて聞いた。

「まさか、思いっこないわ」

来客用のカウチに寝そべった人魚はさもくだらないというように答え、魔女が開発した美容製品のカタログを眺めながら、真珠の形をしたお菓子をつまんだ。魔女は、低く引き笑った。

「そうだろ、人間になれば、お前さんご自慢の鱗の並んだその長い尾びれを失うばかりじゃない。人間ってのは、歳をとる。若さはほんのつかの間さ。歌えど、踊れど、誰も見向きもしてくれなくなる時が来るんだ。そのくせ、海の中じゃあ、お前さんの美しさは永遠のよう・・・・さあ、出来た」

魔女に七つの海の海藻を煮込んでつくったパックを顔に貼られながら、人魚はほんとうに冗談じゃないと思っていた。自らのなめらかな白い肌も、やわらかな胸のふくらみも、豊かな髪も艶めく尾びれも何もかも、人魚は大好きだった。それを失うなんて。けれどその時、何かが人魚の胸の奥のずっと柔らかい場所にとげのように刺さった気がした。喉にかかった小骨のように、それはじくじくと、思い出したように人魚の気をやませた。

ある月夜の晩に、人魚は仲間から外れてひとり、浜へ出た。浅瀬でぷかぷか浮かんでいると、カンテラを提げた若者がなにやら探し物をするように浜を歩いているのが見えた。人魚は素早く岩陰に身を潜めた。人魚の血肉には不老不死の力があるという迷信や、美しい尾びれの鱗は希少で高値がつくことから、不用意に見つかった人魚たちは皆生け捕りにされるのが常だった。人魚は、岩場からそっと若者を盗み見た。若者は浜に膝をつき、砂を掻いては見つけた目当てのものを籠へと入れるのだった。ボウっと淡いカンテラの灯りに浮かび上がる横顔が凛々しくて、人魚はもっと近くで若者を見たい気持ちに駆られた。

何をしているのかしら。

別段、人魚を捕りに来たわけでもなさそうだ。いざとなったら、歌声を聞かせて惑わしてやればいい。そう思って、人魚は浜に泊められた一隻の小船の傍までやってきた。

波の音だけが寄せては返す浜で、若者は熱心に仕事を続けている。じくじくと、人魚の胸の奥がうずいた。

「ねえ、何をしているの？」

人魚は思わず、声をかけていた。若者は驚き、あたりを振り返った。人魚は青ざめたが、もう後の祭りだった。

「誰だい」若者は、怪訝そうに姿の見えぬものに尋ねた。

「ごめんなさい。私、船の向こうにいるの。でも誰かに会うと思っていなかったから、姿を見られたくはないの。こちらには来ないでくださる？」

若者は不審に思ったが、その声があんまり美しく耳に心地よかったから、先ほどの問いかけに答えるのだった。

「ぼくは、絵描きなんだ。けれど絵は売れなくてお金がないから、この浜の貝殻をつぶして絵具にするんだ」

「いつの晩もここへ来るの？」

人魚は急くように尋ねたが、若者の表情は暗かった。

「いや、これで最後だよ。次の絵が売れないなら、筆をおいて、隣街に奉公にでも出るのさ」

若者にもう会えないかもしれないのだとわかって、とうとう人魚の胸は張り裂けんばかりにうずいた。そして、人魚は気づいてしまった。

人魚は尾びれから鱗を一枚剝いだ。それは生皮を剝ぐような痛みを伴ったが、ほかにどうすることもできなかった。

「あの、お帰りになるときに、どうか船の縁をご覧になって」

それだけ言い残して、人魚は海の底へと尾を翻した。深く深く、住み慣れた世界へ。自分がどんな馬鹿なことをしたのか、人魚は考えたくもなかった。

それから、月の綺麗な晩に、人魚は浜へと通い詰めた。誰もいない浜の船影に鱗を残して、波間に消える。人魚は遠くの沖から浜に若者の姿が見えると、絵が売れたのだと嬉しかった。でも、もう近寄り声をかけることはなかった。人魚は、だんだん無口になり、皆の輪から外れるように狩りにも出かけなくなった。やがて、ところどころ鱗のはげた尾びれの有様に仲間の人魚が気づきはじめた。もう隠し通せなかった。人魚は魔女のもとを訪ねた。

「馬鹿なことをしたもんだよ」

魔女は人魚から事の次第を聞いて、そうなじった。人魚はいつになく、しょげていた。

「それで、お前さんはどうしたいんだい」

「人魚のままで、あの人には会えないわ」

「そう思うかね？」

人魚はしばらく黙っていたが、やがて力なく頷いた。魔女は重い腰をあげて、薬棚から小瓶を一つ人魚に手渡した。

「掟は分かっているね。その薬を飲んだら、人間の足の代わりにお前は尾びれと歌声を失うんだ」

うつむく人魚の肩を抱いて、魔女は「やれやれお前さんの美貌の研究が私の生きがいだったのに」と彼女を浜へと送り出した。

夜の浜に着いて、人魚は小瓶の中身を飲み干した。とろりとした液体が喉の奥へと流れ、次第に胸と尾びれが焼けるように熱くなった。あまりの痛みと苦しみに、人魚はそのまま気絶してしまった。

夜が明けて、目覚めた人魚には美しい尾びれのかわりに、長い足がついていた。人魚は驚きに声を上げたが、喉からは息を吸い込んだ音しかしなかった。小船の荷箱から服を失敬して、人魚は慣れぬ足取りで町へと歩き出した。一歩踏み出すごとに、針のむしろを踏んでいる気分だった。

若者のちいさなアトリエは、町はずれの小高い丘の上にあった。

戸口に現れた見知らぬ女性に、若者はちょっとたじろいだが、こう声をかけた。

「絵を買いに来たの？」

若者からは潮の香りがした。人魚は若者が自分を不思議そうに見ていることに気づいて、わけを話したかった。けれど、術のない人魚はただ、みじめったらしく立ちほうけるしかなかった。なんと愚かしい身であろう。

若者は黙って困り果てているようにも見える女性を、迷った末に部屋へと招き入れた。ふと、彼女からは、潮の香りがした。人魚は、アトリエに足を踏み入れ、所狭しと並んだキャンバスの数々に目を見張った。そしてそのどれにも、今にもこちらをふり返らんとする美しい女の人の半身が描かれている。言葉なく見入る横顔に、若者は汚れたエプロンを脱ぎながら説明した。

「浜で不思議な人に出会ったんだ。顔は見えなかったけれど、綺麗な声で・・・帰って絵に描いたら、それが評価されて。ほかの絵も描いてほしいと依頼されているんだけど、どうしてかこの絵ばかり描いてしまうんだ」

喋り過ぎたと思ったのか、そこで若者は口元を覆うと、人魚から目を滑らせた。その視線の先には開かれた窓があり、浜が望めた。人魚は、窓辺に籠を見つけた。中には陽の光に輝く人魚の鱗が綺麗におさまっている。若者は鱗を売らなかったのだ。人魚はじれったそうにまるで打ち上げられた魚のように幾度か口を開いたが、それはもちろん徒労に終わった。若者は肩を落として憔悴した様子の客人に、仕方なく申し出た。

「一晩、泊まっていけばいい」

夜になった。はじめて感じる布のベッドで眠ることもできず、人魚は暗闇の中、部屋を渡り、布ぎれを敷いただけの床で眠る若者の傍に忍び寄った。窓から月の光が、つま先あたりに降り注いでいた。人魚はそっと懐かしい潮の香りでも確かめるようにその頬へと顔を寄せた。耳から首筋、鎖骨へと辿り、あたたかな血が流れる胸元は優しく上下していた。人魚は悲しくなった。たとえ、人間の足を手に入れたとて、自分は骨の髄まで人魚なのだ。そう思い知れば、瞳には涙が浮かんだ。今すぐにでも、目の前の獲物を食らいつくしてしまいたかった。そうすれば、彼は永遠にわたしのものだ。人魚は陽が明けるのも待てず、アトリエを飛び出した。

白い月が浮かぶ浜では、ほの暗い海の波が人魚の帰りを呼ぶかのように寄せては返した。この足のまま海へと入れば、人魚の身は泡となって消えるだろう。それでも良かった。人魚は進み出た。

「待って」

人魚が振り返らんとした時、若者は自分が絵に込めた夢の在処を見た。

そして、若者の瞳にうつりこんだものを認めた時、人魚は悟った。そして永遠の美貌と絶世の歌声のかわりのように、軽やかな足取りで、白くなめらかな腕をまわし、若者の唇を奪った。

月日が流れた。

二人が暮らす家の居間には、昔、若者が描いた絵が飾ってあった。人魚は、地上で年を重ねてもいつまでも美しかった。

けれども人魚はたとえ、自分がモデルであってさえ、いつの日か若者の心が捕らえた美しさには勝てないと思うのだった。そうして、それゆえに人魚は若者を愛しているのだ。

赤い糸

切れぬ糸があるの
端と端になにがあるの？

こんがらがらないように
ぴんと伸ばしておくの

たわんじゃだめよ
けれど知らぬ間に絡まるの

切れぬ糸があるの
長く長く離れても
よじれよじれ傷んでも

それは目に見れぬけれど、

いつか、いつでも、また今度こそ、
わたしたちを結びつける、
おっかさんとの臍の緒より赤い、
切れぬ切れぬ糸がここにはあるの

赤い花びらのひみつ

「あら、いやだ。ろうそく忘れちゃったわ。もえ、ケーキ屋さんまでおつかいいってちょうだいよ」

「えー」

今日の主役は私なのにと、もえは口をとがらせました。これから、友だちをまねいてうちで誕生日会があるのです。クローゼットではまあたらしいワンピースが袖を通されるのをまっています。ちらりと、もえは、かあさんのけしょう台をみつめました。もえにはまだ早いわと言われる、真っ赤な口べにや、いい匂いのする白粉をつけて、母さんはこれから、自分だけでみづくろいをするつもりなのです。

「誕生日にいい子になったら、きっといいことがあるわよ」

調子のいいことをいう母さんに見おくられて、もえは近くのケーキ屋さんへ駆けていきました。

青信号を手をあげて渡って、道のはたの水溜まりを飛び越えます。

もえは、また、背がのびました。この前は、大好きな絵のコンクールで、一等をもらいました。誕生日だからでしょうか。雨上がりの街はきらめいているような気がします。ふと、もえはショーウィンドーの前で、足を止めました。中がよくのぞけるように、少し背伸びをします。そこでは美しく着かざったマネキンが赤い頬をして立っています。

「あ、そのださん」

もえが、びっくりしてふり返ると、隣の花屋ののきさきに同じクラスの高野くんがいました。彼は、花屋のエプロンをかけています。そこは、高野くんの家でした。

「何してるの?」

と、彼は聞きました。

「角のケーキ屋まで行くの」

もえは、おつかいの途中だと言いました。胸がまだ、どきどきしていました。

「そっか、ぼくもおつかい頼まれてるから、一緒にいこうよ」

そう言って、花束を持って高野くんはもえの隣に並びました。誰に渡すのでしょう。もえは、たずねませんでした。

角のケーキ屋を過ぎて、高野くんは一軒の家のベルを鳴らしました。

玄関には若いだんなさんが出ました。顔色は青ざめていておろおろしているその人に、高野くんは白い花を渡しました。居間では、ほてった顔の赤ちゃんがぐずっています。奥さんは、きっと仕事で外出中なのでしょう。だんなさんが、白くて涼しげな花びらでおでこをなでると、赤ちゃんは熱が引いたようにぴたりと泣き止みました。そのけろりとした笑い声を聞いて、だんなさんはほっと胸をなでおろしました。

「助かったよ、ありがとう」

二軒目では、車いすのおばあさんが出迎えてくれました。おばあさんが「どうぞ、あなたたちの好きな花をくださいな」と言いますので、もえと高野くんは、黄色い花を彼女にあげました。おばあさんは、小さく可愛らしい花びらを咲かした花を、仏前に供えました。そして、今日は、大事な人の命日だと教えてくれました。

「本当は、お墓まいりに行きたいのだけれど、足が悪いからね」そう言って、けれど、おばあさんはとっても幸福そうに、二人を見おくってくれました。

最後のお宅は、丘の上にありました。綺麗な女の人がひとりで住んでいました。彼女は画家でした。色とりどりの花を受け取った女の人は、お礼にとっておきの場所に二人を案内してくれました。二人は目を丸くしました。そこからは、海と山に囲まれた自分たちの住む街が、一面に見渡せました。

「美しいでしょう」と女の人は、ほこらしげに言い、もえと高野くんも本当にその通りだと頷きました。

花を配り終えて、二人は、商店街に戻ってきました。そうして最後に残しておいた一本を、高野くんはもえに手渡しました。

「誕生日、おめでとう」

「どうして知ってるの？」

高野くんはついっと目をそらしました。その横顔をみて、もえの頰も花びらのように赤く染まりました。

三時になりました。

「みんな、いらっしゃい」母さんが張り切って、出迎えます。

もえは、にぎやかしい輪の真ん中で、ろうそくの火を吹き消しました。手帳、髪どめ、母さんからは念願の桃の匂いのするリップクリームと、たくさんのプレゼントをもらいましたけれど、もえは、胸の奥で本当に大事なことはどんなことだか、少しだけわかった気がします。テーブルの花瓶の中で、赤い花がやさしく揺れていました。

時の糸のゆくえ

真っ赤なランドセルを背負って、ミユキが家へ帰ると、珍しく誰の返事もありませんでした。お父さんもお母さんも遅くまで仕事です。おじいちゃんは、近所を散歩でもしているのでしょうか。ミユキは靴を揃えました。居間では、いつもは夕飯の支度をしているおばあちゃんが、ゆり椅子で静かに眠っています。ミユキはおばあちゃんに声をかけようか、迷いました。火の気のない居間は少しだけ、肌寒い気がしましたから。それに、このままではおやつももらえそうにありません。

「おばあちゃん」

おばあちゃんは気づきません。もう一度、今度は腕をゆすろうとミユキが手を伸ばしますと、ふとおばあちゃんのぴったりと揃えられた腕の隙間から、糸のようなものが伸びているのが見えました。おばあちゃんは裁縫をしますので、終い忘れでしょうか。不思議と、その長く白っぽく透けているようにもみえる糸は、窓も開いていないのに、ミユキの方へたなびくように揺れています。ミユキはおばあちゃんを起こすことなど忘れて、しばらくの間、じっくりと糸を観察しました。そして、パチっとまるで虫取り名人のような瞬発力で、突然、糸の端を捕らえました。その瞬間、なんだか眩暈がして、ミユキはその場に座り込んでしまいました。

どれほどの時がたったでしょう。いえ、時など経っていないのかもしれません。

ミユキは変わらず夕暮れ時の居間に座っていました。けれど、あたたかな気配がします。土間のかまどに火が燃えています。その傍らで、慣れた手つきでせわしなくおさんどんをする女の人がありました。薪をくべ、野菜の泥を落とし、鍋の中をのぞきます。誰でしょうか。その女の人が、ふり向いて言いました。

「さあ、早くお風呂の水を汲んできてちょうだい」

ああ、この人はおかあさんだ、とミユキにはわかりました。私のお義母さんになった人。居間には、小さな弟が薄い掛け布団の下でくずることなく寝ています。姿は見えないけれど、年の近い妹もいるはずです。でも、好奇心旺盛で面倒くさがりの子だから、遊びに行っているのかもしれません。ミユキに妹弟はいないはずなのに、何故だか私がお姉さんなんだから私がしっかりしなきゃいけないんだという自覚がお腹の底にありました。ミユキは素直に返事をして、庭先のバケツを持ちました。裏の川への道なりは足が覚えていました。ミユキの細い腕で抱えていける水は、わずかです。風呂場と川とは目と鼻の先でしたが、これでは十回も二十回どころでなく、往復しなければなりません。次第に飽きてしまいそうになったその時、どこからかか細い鳴き声が聞こえました。草陰に子猫がいます。母猫とはぐれてしまったのでしょうか。子猫はみすぼらしい姿で哀れっぽく鳴いています。ミユキは大人のように「おまえも寂しいの」と聞きました。そうして心の中でつぶやきました。私の本当のお母さんは、死んでしまったわ。もう、会えないし、お話だって出来ない。

大切な人がいなくなって、悲しいのは一人だけではありません。家族の誰もがどこかで辛い想いをしています。それでも、とミユキは思いました。お義母さんだって優しいけれど、ふと心に宿る悲しみを誰に打ち明ければいいでしょう。ミユキは、鳴き続ける子猫を優しく抱き上げました。そして、つかの間であっても温もりを分かちあわんとするように、ミユキは優しく子猫を抱きしめました。どうしようもなく忍び寄る想いに、くじけてしまわないように。

陽はどんどんと暮れようとしています。外灯などありませんから、あたりは次第に暗くなっていきます。夜を待たずに風は冷たくなってきました。もうすぐに、お風呂の窯がいっぱいになる頃です。居間に人が集まり始めました。夕餉のいい匂いが漂ってきます。今日の晩御飯は何かしら。ミユキのお腹がぎゅうと鳴りました。

その瞬間、再びミユキの意識がかなたに飛びました。

鐘の音で、ミユキは我にかえりました。そこは学校でした。制服を着た女の子たちが賑やかそうに席を立っていきます。

「お昼休みね」と声をかけられた時、同じように制服に身を包んだミユキは何故だかとても恥ずかしくなりました。そうして、なんやかんやと誘いを断ってから皆の輪から外れると、誰もいない校舎裏に腰を下ろしました。アルミのお弁当箱を開けた時、ミユキは先ほどの自分の気持ちの理由を知りました。見慣れた野菜と豆の煮物と麦のごはんとが入っています。皆、持ってくるお弁当には、その家々の事情がうかがえました。貧しい家の子はお米もおかずもなく家畜にやるおからだけのお弁当や、もっと辛いのは何も持ってくることが出来ない子です。こそこそと教室を出て言ったり、素知らぬ顔で次の授業の本を読んだりしています。いつものことですが、そんな空気を何故だか今日は味わうのが嫌だったのです。

ミユキが一人で、煮物をつついていると、名を呼ばれました。

「私もここで食べましょうっと」

ミユキの隣に座ったのは、仲の良い友人です。

「私のお弁当はいっつも余った魚の佃煮ばかりよ」

そういう彼女の家は、漁師でした。ミユキの家は農家です。

「うちは、お芋とお豆さんばっかりだわ」

「そうだ。今日は、おかずを交換しましょ」

笑いあって、二人はお弁当を食べました。一息ついて、彼女は思い出したように言いました。

「貴方は本当にお裁縫が上手ね。顧問の先生も仰っていたわ。クラブの中でも特に優秀だって」

「いやだ、そんなことないわ」

ミユキは照れて言いました。彼女は大真面目だという風に、続けました。

「いいえ、本当よ。きっと、売り物にだってできるわよ。この分じゃあ、誰にでも、なんだって縫ってあげられるわね。貴方の家族になる人は、幸せ者よ」

家族という言葉を聞いて、その言葉だけでミユキは胸がいっぱいになりました。大切な家族の為に、色とりどりの布や糸で、無駄を出さないようにさまざまな工夫を凝らして、小物やひざ掛けや身につけるものなんかを縫ってあげている自分が目に見えるようでした。そんな日々は、どんなに幸福なことでしょうか。そんな空想も友人の言葉に、はたと、引き戻されました。

「ねえ、今日の放課後、新しい糸を買いに行きましょうよ」

「いいえ、三十円あるけれど、くつ下を買わないといけないのよ。穴があいたなら繕えるのに、もうよっぽど汚れてしまっているから」

「そう、私は鉛筆がいるんだったわ」

その時、鐘の音とは違うサイレンが鳴り響きました。

緊張感の中で、空を見上げていた友人はサイレンが誤報だというアナウンスを聞き終えた後で、憎々し気に呟きました。

「戦争なんて、早く終わってしまえばいいのに」

やがて、休み時間の終わりを告げる鐘の音が鳴りました。

そうして、また、ミユキは時を渡りました。

ミユキに、お見合いの話が持ち上がっていました。

もう農家に嫁いでいくのは嫌でした。少しでも安定した生活がしたかったのです。お見合い相手の彼は、実直そうな目をして、五人兄弟の次男で、しかも公務員だということです。ミユキは、結婚を決めました。夫になった人の良いところの一つに、手先が器用なところがありました。工作だけでなく、機械をいじったりするのも得意でした。新婚生活に無い物も手に入らないものもたくさんありましたけれど、一から自分たちでこさえたり、工夫したりして、生活を作り上げていくのは、楽しい事でもありました。ご近所さんから教えてもらったり教えてあげたり、数えきれないほどのものを、二人で作り出しました。

辛くて涙する日々も、怒って喧嘩する日々も、二人の子どもに恵まれ、日々は幸福でした。大きくなった下の子が、ある日、野良猫を連れて帰ってきました。夫は反対しましたが、最後には子どもたちに根負けして、家で猫を飼い始めました。猫は結局一匹に留まらず、子どもたちは、親の心配や言いつけをよそに無事に大きくなりました。

子育てが少しずつ落ち着いてくると、ミユキは家事の傍らで婦人会の人たちと競い合うように、裁縫の腕を磨き、作品を発表し合いました。ボランティアで、地域の小学校でも子どもたちにエプロンの作り方や、料理の仕方を教えました。やがて、上の子が嫁ぎ、孫が生まれました。母親の腕の中で、赤ん坊は、頬も赤く、美しく幸せにあふれた顔をしていました。

ミユキは、目が覚めました。床でなく、ソファーの上で、きちんとブランケットを掛けられています。真っ赤なランドセルがぼんやり見えました。ランドセルには手縫いのお守り袋が提げられています。

「おばあちゃん」

と、ミユキは小さく呟きました。鼻先に湯気の香りの漂ってくる中で、トントンと、包丁の音がしました。まどろみの中で、ミユキはもう一度目を閉じ、夢を見ました。

糸が、見えました。白っぽく透けるように、輝く糸が、暗がりの中を、ただ真っすぐに伸びています。どこまで、続いているのでしょう。そうして、どこから続いてきたのでしょうか。始まりも終わりも、果てのない糸の輝きは、確かなものに見えて、頼りなさげに震えているようにも見えます。夢の中で、ミユキはもう立派な娘でした。時を旅して、ミユキは、いつの間にかその輝く糸が自分のからだと心にも通っていると悟りました。それは、大切な人たちが、そして見知らぬ誰かが、どんな日々にも、紡ぎ、紡ぎ、時に綻びを繕い、紡ぎ続けてきた、たとえば勇気や愛や希望と呼ばれるもののように、漠然としていて、けれど人の心になくてはならないものなのです。ミユキは、糸の先を見据えました。一歩先の暗がりがまた、深くなりました。

ミユキはふいに惑いました。私なんかに出来るでしょうか。

すると、不安な心に応えるように、暗がりに震える糸から囁きが聞こえてきました。

紡いで　紡いで　いつの日も

あなたの手と　あなたの心で
紡いで　紡いで　どんな日も
まことの想いがあるならば
紡いで　紡いで
誰かに手渡せるその日まで

それは、子守歌のように、ささやかなメロディーとなって、ミユキの背を押しました。

そして、ミユキは、未来に手を伸ばすように、その輝く糸の先を力強く摑みました。


「美幸ちゃん。美幸ちゃん」

誰かが、私を呼んでいます。ふっと、当たり前のように幸福な日常が戻ってきました。

美幸は寝ぼけ眼をこすって、大きな笑顔で言いました。

「おばあちゃん、おなかすいた。おやつ、なあに?」

戦う兵隊

川で拾ったんですけど、と手渡されて店主は胸元の眼鏡をかけなおしました。

それは、銀色のブリキもはげた玩具の兵隊でした。

「坊やのかい？」

勢いよくかぶりを振った男の子は、もの言いたげな様子をそうそうに引っ込めて、恥ずかしそうにどこぞへ駆けっていきました。

ここは、質屋です。

軒先にアンティークものの人形かいくつか並んでいるために、玩具屋かなにかと勘違いしたのでしょうか。

店主は、もしかすると男の子が取りにもどるかもしれないと思えば、ブリキの兵隊を捨てることもできず、一晩、軒先のショーケースにそのまま置いておくことにしました。

真夜中になり、月の光にぼんやり照らされたショーケースに、ギシンキシンと物騒な音が鳴りました。

「まあ、なにごとかしら」

驚き声をかけたのは、青い目と陶器で出来た西洋人形です。彼女がはしたなくも、大きな瞳を凝らして見つめた先に、見慣れぬ様の鈍い色したブリキの兵隊が、懸命にさびてしまった剣を鞘から抜かんとしているところでした。

「何をなさってらっしゃるの」

彼女はおそるおそる、声をかけました。と、キンと、ひときわ高い音が滑って、剣が鞘から抜けました。西洋人形は、剣を片手に立つ兵隊の姿に、唖然としてそろりと口を閉じました。

ブリキの兵隊は、面も背も哀れにも傷だらけだというのに、いまだ胸の底に彼を鋳抜いた溶鉱炉の火でももえているかのように、彼のはげかけた目をショーケースの向こうの闇にむけて打ち破るべき敵を探しているようでした。兵隊は、この世につくられた時から、兵隊なのです。たとえ、玩具であっても。

「おやめなさいよ、ここはただの質屋ですよ」

そう呆れたように、あくびをしたのは、掛け軸の中で見事な羽を広げた鳳凰でした。

「あなたは、そう、戦に破れてここに流れ着いただけですよ」

ブリキの兵隊は、聞く耳持たず、何も問わず、ショーケースから出ていきたいようでした。

不愉快な音をたてて、ガラスと剣とがぶつかり合います。

と、苛立った剣の端が、ひょいっと西洋人形のドレスの裾を裂きました。

小さな悲鳴も、鳳凰には煩げなようです。掛け軸の奥の茂みへと、さっさと引っ込んでしまいました。

その間に、気の動転した西洋人形の姿を見て、兵隊はようやく我に返りました。

それでも、うちなる想いは変わらぬようです。

「行かなければ、国が、仲間が・・・」

つぶやきは、切実そうに、西洋人形の耳に届き、彼女は今しがたの驚きと恐怖を忘れて、哀れっぽくいいました。

「可哀そうに」

故郷はもうどこにもないんですよ、と言いかけて、西洋人形の青い瞳にも涙が浮かぶようでした。わたしたちは、ただの玩具で、時に忘れられてゆくのが運命ですから、と。

「どうして、あなたは剣をとったのですか？」

話題を変えようと、彼女はそんなことを尋ねました。

「・・・・兵隊ですから」

それだけです。西洋人形が持って生まれついた西洋人形の身だしなみや心得を教えることができないように、彼女にはブリキの兵隊がブリキの兵隊として持って生まれた魂はわからないのでした。目もろくに見えず、からだはボロボロで、錆びかけた剣が唯一の誇りのように鈍く輝いている愚かしい姿に、彼女は目を伏せました。ドレスの裾が、引き裂かれた彼の胸の叫びのようです。

どれほど時がたったでしょう。つかのま、だったかもしれません。

呆然とたっていた兵隊が、とうとう力尽きたのか、諦めたのか、その場で尻餅をつきました。

「・・・たくさんのものを殺めてきたような気がします」

静かな告白に、誰もが耳を傾けるしかありません。

「切って、突いて、刺して、切られてまた切って。・・・それが己のすべてなのです」

急激に喪失感に襲われたように、力をなくしていく言葉尻をつかまえるように、西洋人形は、言葉を添えました。

「それでも、あなたには戦う理由が、戦うための大切なものがあったのでしょう？」

影でたしかに見えないブリキの兵隊の硬い顔には、まるで人の世のごとき苦悩が滲んでいるかのようでした。

「戦うこともなければ、今も昔もわたしに代えがたいものなど何もないのです」

そうして、また長い長い沈黙が真夜中に流れていきました。


朝がきて、質屋の店主は店に出ました。

さて、一晩明けてみれば、だれかしらの落とし物は昨日よりもすっかりみすぼらしい気がします。はて、どんな顔の男の子だったたっけか。夕時になり、二三人のおとこのこに群れられて、顔の知った子がにっこりしました。

「見て、おじちゃん。これ、兄ちゃんにもらったの」

高々と自慢したいものは、帆がまだ立派についた大型船でした。

だれが船長になるかとかしましい男の子らを、店主がやれやれと愛想よく見おくっていた時です。

走ってきた自動車の後輪が、路上の小石を巻き上げ、礫が目で追えぬほどの勢いではねっ返りました。

昨晩、ブリキの兵隊が傷をつけていたからでしょうか。パンっと破裂音が響いて、礫はショーケースを打ち抜きました。店主があっと思う間もなく、ガラスが粉々に割れてしまい、そのちょうど、真ん中で、不思議にもまるで西洋人形をかばうように、礫を胸にうけて、倒れているブリキの兵隊がありました。もう一つ残念なことに、礫は、兵隊の胴を貫通し、西洋人形の薄い胸まで届いていましたから、二つの胸はまるで礫の熱さに焦げるようにひっつき、離すことができませんでした。

しかたなく、店主はブリキの兵隊と西洋人形とを、一緒に片づけてしまうほかありませんでした。

誰もしらないこと

いつか　わたしの知らない戦争がありました

空から爆弾ふってきて
人がたくさん死にました

わたしの知らないことなら、思い出しもせず
忘れることすらないでしょう

わたしの知らないことなら、悲しくもなく
涙が流れることすらないでしょう

わたしの知らないことなら、怒りもなく
怖いことなどないでしょう

けれど
わたしは涙になりたい
わたしは怒りになりたい
わたしは残酷になりたい

そうして　だれも知らない哀しみの声がききたい

神さまの耳が閉じているのなら
わたしは、だれも知らない戦争になりたい

著者プロフィール

仲子 真由（なかこ まゆ）

1986年11月22日生まれ。

山口県出身。

パリのこどもたち

2021年11月15日　初版第１刷発行

著　者　仲子 真由

発行者　瓜谷 綱延

発行所　株式会社文芸社

〒160-0022　東京都新宿区新宿１－10－１

電話　03-5369-3060（代表）

03-5369-2299（販売）

印　刷　株式会社文芸社

製本所　株式会社MOTOMURA

©NAKAKO Mayu 2021 Printed in Japan

乱丁本・落丁本はお手数ですが小社販売部宛にお送りください。

送料小社負担にてお取り替えいたします。

本書の一部、あるいは全部を無断で複写・複製・転載・放映、データ配信することは、法律で認められた場合を除き、著作権の侵害となります。

ISBN978-4-286-22950-8